ちくま文庫

目的をもたない意志 増補版

山川方夫エッセイ・コレクション

山川方夫
高崎俊夫 編

筑摩書房

目次

第1章 灰皿になれないということ

10 灰皿になれないということ
28 〝自由〟のイメージ
35 永井龍男氏の「一個」――〈作家論への試み〉
43 サルトルとの出逢い
47 早春の記憶――グレアム・グリーンをめぐって
52 大江健三郎『われらの時代』
56 高橋和巳『悲の器』
60 村松剛『文学と詩精神』
63 獅子文六『町ッ子』
65 可笑しい奴――西島大君のこと
69 江藤淳氏について
72 中原弓彦氏について

76 『遠来の客たち』の頃——曾野綾子氏について
79 石原愼太郎氏について

第2章 わが町・東京

86 わが町・東京
91 神話
98 「日々の死」の銀座
101 正常という名の一つの狂気——「りゅうれんじん」〈仮題〉の原作者として
107 恋愛について
110 日劇——都会化のシンボル
116 麻美子と恵子と桐子の青春
123 海を見る
128 山を見る——ある心象風景として
133 「ザ・タリスマン」白書
138 半年の後……

144 わがままな由来――ペンネーム誕生記
146 あの頃
147 一通行者の感慨
152 私の良妻論

第3章 目的をもたない意志――映画をめぐる断章

160 増村保造氏の個性とエロティシズム――主に『妻は告白する』をめぐって
186 映画批評家への公開状
192 目的をもたない意志――マルグリット・デュラスの個性
204 『情事』の観念性
219 中途半端な絶望――アントニオーニの新作をめぐって
231 『二十歳の恋』
237 『去年マリエンバートで』への一つの疑問
244 『かくも長き不在』
247 『シルヴィ』の幻

251 『肉体市場』
256 『恋や恋なすな恋』
261 『オルフェの遺言』
267 『キングコング対ゴジラ』

付録

『山川方夫全集』月報より——山川みどり

274 なにもかも忽然と
280 最初で最後の夏
286 ようこそ、はるばる二宮へ
291 三十三年目の二宮
300 編者解説　批評家・エッセイストとしての山川方夫——高崎俊夫
305 ちくま文庫版のための編者あとがき——高崎俊夫
315 初出一覧

目的をもたない意志

資料提供　山川みどり
カバー・章扉・目次デザイン　西山孝司

第1章 灰皿になれないということ

灰皿になれないということ

要するに私は生きたいのであり、とりたてて他に私のいいたいことは何もない気がする。私は生きたい。私の生きることの価値をつくり出していきたい。

三年ほどまえ、私はさまざまな点で絶望していた。面白がり、大ざっぱにその理由を数えてみたが、十いくつかがすぐ頭に浮かんできた。夢想は、すべて非現実、つまりすべて死のなかに収斂《しゅうれん》される気がして、私は死にたくなり、死ぬ決心をした。死ぬことは一つも恐ろしくなく、むしろ、もっとも快適な解決である気がしていた。私は、一九三〇年生まれである。幼時からの軍国主義教育と純粋好きのおかげで、死ぬための勇気なら充分以上に持っているし、そのための図々しさならことかかない。

もう一つ、ついでにいうと、その年代に加えられた外的な状況の主な結果の一つとして、観念的という言葉がある。見たこともない米・英・蘭の「鬼畜」たちを本気になって憎み、あまり理由のはっきりしない聖戦とか神国とかいう言葉を、すくなくも私は敗戦まで疑ってみたこともなかった。当時の私にとり生きることとは、現実を生きることではなく、いくつかの固定観念に殉死することでしかなかった。観念的ということは、相対的には過度な意志力の重視であり、意志力への信頼である。私はあるとき某作家の、「なろうと思えば人間は灰皿にだってなれるものだ」という言葉にひどく共感した記憶がある。私にとり人間とは、感情や感覚をこえた一つの意志力であり、その意味で一つの観念でしかなかった。死もまた観念の一つにすぎなかった。そして観念家は、一種のパーフェクショニストでもある。私は、ほんとに自分が死ななければどうにも満足できないのか、私なりに、ほんとに絶望しているのかを知りたいと思った。私がほんとに隙間なくぴったりと「死」に重なりあい、密着し、それに化することができるか、——つまり、ほんとに私が私なりの「灰皿」になりきれるかどうか、ためしてみようと思ったのだ。私は、それで私の死そのものをテーマに小説を書くのを思いついた。(小説が私にとり何よりもまずもっとも誠実な思考形式であるとは、いまも私はかたくなに信じている。)

そのとき、私はうすうす私が一つの「若さ」にすぎぬのを感じていた。その「若さ」を書くのだ、と考えた。が、「若さ」そのものは類型的で個性がなく、ただそれぞれの「若さ」の越えかたにのみ意味があると思った。そして題名をつけた。

私には、未来がおそろしかったのかも知れない。人生が、そんなに面白くも、つまらなくもないものだ、という判断が十歳台の後半から私にはあり、もはやそれにつきあう興味がなかった。差引勘定をすると、未来は魅力がなく、厄介な一つの負担でしかないという意識のほうが大きかった。私には、もうそれ以上生きてやる気がなかった。

しかし、私がその小説を書き上げると同時に死ぬつもりでいた――というのは、正確ではない。私はただ、それを書き上げることがすなわち私を死へと運ぶことになるのを希望していた。私は、私の生きたい意志、生きねばならぬ理由を、一つ一つひねりつぶしていってやるつもりでいた。すると最後に私はそのすべてを喪失して、しぜん、何の邪魔もなく死へとすべり落ちていけるだろう。そのことを予想し、そのことを期待していた。つまり、その小説の私における成功は、私の死だ――そういう方法をえらんだのだ。

そして、私にはいわゆる私小説は書けないという頑固で絶望的な自信があった。(今もある。理由を簡単にいってみれば、まず、事実への不信である。それから、言葉は絶対に事実は描きえないという確信。言葉は、なにかをつくりうる武器の一つであるにすぎない。――だから、はじめからいわゆる私小説を書こうなどという考えは毛頭なく、あれはいわゆる私小説ではない。）で、いわば私のやったことは、私による「私」という神話の追求、「私」という一つの図式の肉づけにすぎなかったともいえる。

私は、私の絶望の理由、私なりの挫折の沼としての日本における私の現実を、せいいっぱい綿密に構成し、それを私なりにもっとも効果的に表現しうるだろう形式と技法とを選んで、私なりの人間観、現実感、時間についての感覚によりつくりあげた一つの小説論を用意し、その成功がすなわち一人の私の完全な死であるように、周到にその小説を書こうとこころざした。……私は充分にさきを読んでいたつもりだったが、だが次第にそれが一つの時代、一人の日本人の青春を描くことだと思われてき、私の計画は第二次大戦を十歳台の前半に経験してきた一人の男、彼の精神のゆがみをとおし、ひろく日本人一般の精神のゆがみかたを、その精神の未成熟な若さの中に集約化し、拡大化してとらえたいという大それた考えに移行してきた。そしてなにかが分裂した。主人公は誇張され、ややヒステリックに極端化してしまった。

だが、小説としての成功、不成功はべつとし、私においてはその作品はある意味で成功したのかも知れない。途中で、私はノートに、どうもこれじゃあ死にきれない、としるした。生きねばならない、と思った。私は、死にたい一人の自分を殺したのだ。

もっとも、私は私ぜんぶを殺すつもりでいたから、書きおわったとき、畜生、失敗しちゃった、とノートにしるした。こんなものじゃあとうてい死にきれない。そのとき、はじめて私は痛切に、生きたい、と思った。

この作品が、『日々の死』である。

私はその前、鈍才を告白するようであまり愉しくはないことだが、十年ちかく前から、小説らしきものを書きはじめてきている。だが、いま、私は一九五七年に書いたその作品が、私の「処女作」という気がしている。すくなくも、現在の私は、その作品から開始された私である。そのときから私は、やっと現実への、他人への積極的な姿勢をとれはじめたのだ、と思う。

私は猥雑である。私は欺瞞《ぎまん》である。私は卑劣である。私は殺意である。私は汚れている。どうやら、私はクソ真面目なくせに頭のわるい凡才、しかも理不尽な一つの不愉快であるにすぎない。私はそれを否定することができない。私は暴力であり、私は醜悪であり、私は不潔である。私はそれを承認した。私は、そして私がこの日本、この現在にしか属していないのを承認した。もう、私は架空な出発にはあこがれない。私は、私の機会が厳密にここにしかないことを確認した。

いま、私は絶望してはいない。私の仕事の可能性を信じている。私はいまはっきりと「文学」の価値を信じている。「文学」は、おそらく、人間の尊厳の保証である。価値とは、(不的確な比喩で恐縮だが)デパートのこうもり傘につけられた正札のような、外在的な値段ではない。それは暗い石塊のような実在でもなければ、決定した不変のものでもない。それは、つねに人間により創り出されるものであって、その他のものではない。美もまた人間が発見し、人間がつくり出すもの、人間に属すなにかである。つまり、美しいのは人間なのでしかない。価値や美をもつのは人間なのでしかない。

どうも照れくさいが、先へ進もう。だから、私にとり、興味は人間にしかない。そして、その人間についてのさまざまな既成の伝説に、私はどうも釈然としないものを感じるのだ。で私は、既成のいわゆる人間という伝説そのものについて、いちいち白い眼を向けていくつもりである。それがあたかも絶対不変の真実、ないし最高の便宜とさえ思われているみたいな、ことにルネッサンス以降の人間についての幾多の神話につき、いちいち検討していきたい疑惑と野心さえ私にはある。すべての決定論は、決定論であるが故に私は排する。たとえば人間はショセン色と欲、といった決定論にしたところで、もし私がそれを信用できていたら、私はもっとうまく色と欲とだけを生きることに腐心したろう。「文学」をやることなど、ばかばかしい迂路《うろ》にすぎないのだ。

人間とはどういうものか。もちろん私にはよくわかってはいない。だが、それをすこしでも明らかにしていく以外に、私には関心の中心はない。私は、そのための努力をつづけることによって、なにかを探しあてたい。すでになく、いまだにないなにかを探しあてたい。私には、他に私なりのなっとくも、人間の尊厳も所有できる方途がない。

私は、いかなる意味でも努力放棄をしたくはない。生きることは努力である。私は、私なりのなっとくを求めつづける。努力放棄は、私の場合、そのまますぐ死につながる。

……が、ときどき死の魅惑が、私をおそう。私は、死にたい願望が、ときに一つの抒情的な気分の衣を着て、やさしく私をとらえるのを告白する。また、氾濫する他者たちの圧力に閉じこめられ、私が一つのヒステリー状態に駆りたてられることもよくある。——私は焦立ち、やけくそで他者を黙殺して、閉ざされている自分の底を乱打する一つの盲で聾の嫌悪になる。私は完全、純粋な自分というイメージを、まるで一つの安らぎのように求めるのだ。でもそんな孤独とはじつは「死」の異名であり、やはり私は他者たちのあいだで生きているのでしかないのだ。……たぶん、そこで私の生理は他者たちからの逃避に私を走らせ、「障害的な外界刺激に対する本能的な防禦《ぼうぎょ》反応」としての「運動乱発」——つまり昆虫や魚のそれと同じようなヒステリー症状の一つが私に生まれるのだ。

ヒステリーは、すくなくもその当人にとっては意味があるのである。ほかならぬヒステリーとしての意味が。——それは「すなわち、熟慮は存在しないけれども妨害地帯から逃げ出そうとする漠然たる強い要求」であり、「その範囲での生物学的合目的性を有する一つの調節」である。がしかし、結局それは生物としての行為ではあっても、人間としてのそれではない。健康な人間からみるとき、あくまでもそれは「目的のない運動の過剰生産である」にすぎない。

それは現実的な人間の行動とはいえない。私は、私のなかに存在するそれら、「死にたい願望」、「ヒステリー」を排する。私はもう、それらに淫することはやめたはずであるから。それらは不毛なのだ。

でも、それらが私に存在するのを無視することはできない。で、私はそれを逆用しようと思う。それは私の耐えなければならない一つの重みであり、それにより、私はなにかを深め、ひろげていく一つの力を得る。そのような操作により、私はそのマイナスをプラスに転化したい。

私は、私なりの、理想の立派な、よくなっとくのできる、人間としての責任に敏感な生きる人間をつくりあげたいので、一歩一歩、ゆっくりと準備をかさね踏みまよいつつ、幅ひろい軌跡を描きながらそれに近づいていくのが望みなのだ。そのためのいわば土台として私は、くりかえし私が孤島に一人きりでいるのではないこと、そのような抽象的な個人というのは夢でしかないこと、人間には出口がなく、他人をどうするかということだけがモラルであり、その意味で人間はつねに他者との力関係においてのみ実在し、過程的に実在としての価値を得るのであり、しかも人間は終局的に一個の「自由」であること、などを、よりはっきりと認知していく必要がある。その追求が私の生きる意味であり、私がみずからにつくり出していく私の価値であり、それが「私」なのだ、と思う。そして、具体的にはこれは他者および自分との不断の争いになるであろう。私には、「敵を知り己を知る」必要があるのである。

おそらく、私は一人の理想主義者であり、ロマンティストである。さまざまな点での理想のイメージがあり、同時に、自分を十全に燃焼させることへの熾烈な欲求がある。それが実現可能かどうかは知ったことではない。私は実現させたいし、それを所有したい。慎重に、周到に、一歩一歩、それへの道をあるいて行くことが私の生きるコースだ。私は、この充実のレールを外れたくない。

いまさら「文学」が政治的に微力だとか、または無力だといってみて何になろう。たとえそれが無力であれ、なんであれ、すくなくも私は、そのような形式でしか真に責任のある政治的行動、いわゆる社会的な行為をもちえぬ自分をえらんだのだ。それが、けっして「無意味」ではないという確信において。

古めかしい確信だと笑われたところで仕方がない。そのようにいうなら、私は作品により現実に、政治に参加する方法をえらんだのだ。それは作品により一人のテロリストを生もう、などという意味ではけっしてない。(もしテロリズムが必要だと思えば、その人がテロリストになればよいのだ。)すくなくも今のところ、私には、作品のみが「行為」なのだ。私という一人の人間を通じての、人間の自由の保証なのだ。私は、どうやらろくな作品も書けない自分の能力の貧しさを嘆かねばならなくなってきたが、仕方がない、私はいつもせいいっぱいであるのだ。

もし私がプラカードを持ってあるき、投石し、反動政治家に向けピストルの引金を引いたとしても、私は絶対にそれを文学的な行為だとは考えないだろう。ただの、人間の自由を主張したい一人の人間の「行為」としか考えないだろう。現在、人間は政治のなかに置かれている。が、じつは「政治」もまた「科学」や「文学」と同様人間に従属するものでしかないのだ。たとえば、むしろそれを明らかにし、区別し、人びとに彼以外に彼の生活の主権者はないのだということを気づかせることのほうが、私には投石や投石少年への同感の表明より、もっと実際的、もっと必須な現在での「政治」行為ではないか、という気がする。もちろん、私がそんな目的で小説を書いているのだというのではない。いわゆる社会的影響は、つねに「文学」の主目的ではない。副産物であるにすぎない。

いくら同じ現実に参加するものであるとしても、「文学」は「政治」に従属するものではない。それはつねに人間にだけ従属し、あらゆる政治行為と同等に、くりかえし人間の自由を叫び、証しつづけるものでしかない。そう私は思う。その点で私は、政治やあらゆる現実的な生活人たちへの文学者の劣等意識は、(もしあったらのことだが)いわれのないものと考える。恥ずべきは、あらゆる生活人たちのそれと同様、その仕事への不誠実、不熱心だけしかなかろう。

いまさら絶望して何になろう。もし、ほんとに無意味だと思っているなら、なぜその人は作品を書くのか?

とにかく、「文学」は、根本的に一人ずつでやる仕事なのだ、「ぼくら」とか、「わたしたち」がやる仕事ではない。そういう仕事はまたべつのものだ。

私は、自分につき、「アート・フォー・アーツセイク」を生きるいわゆる芸術至上主義者ではない、と思う。「文学」を自分の生活と切りはなして考えるということ、これも考えられない。でも、だからといって「文学」以上に面白く、夢中になれるものがあったらそちらに突貫する、という種類の生活第一主義者でもない。「文学」は私にとり、生活の一部であり、食事が、運動が、睡眠がそうであるように、おそらくもはやこれは避けられぬだろう。そのことを深刻な屈辱感とともに認めたのも、『日々の死』を書いたときであった。私は、やはり私でしかなかったのだ。「文学」は私にとり、まず私の存在のしかたであり、態度なのだ。その意味ではっきりと生活の一部である。信じるも信じないもないのだ。それを失ってしまうことは、私が私ではなくなってしまうことだ。

私が私であるのをやめられるだろうか。——もう、私はそれを考えることはやめた。私には出口がない。その上に私は私をつくりあげていかねばならない。よりなっとくのできる私を、そうして私は私であることをつづけ、「私」になっていくのだ、としか考えない。私は他人にはなれないのだ。他人ではないのだ。

最近、ちょっと考えたことがあって広島に行ってきたが、そこでも私はそれらのことを痛感しなければならぬ結果を得た。

誤解をうけるのはこまるが、私は、親切に、あたたかく迎えてくれた地方の友人たち、またゆたかな非生産都市である広島そのものに、ケチをつける気など毛頭ない。ただ、私はまず生活上の私と彼らとのルールの差に、すこしびっくりしてしまったのだ。

一例だが、東京での私の生活では、ビジネスライクなのがルールであり、美徳である。が、そこの友人たちは、まるでビジネスライクではない。それが普通であり、それが美徳らしい。どうやら彼らには、東京で毎日を過ごす人びとほど、ビジネスライクになる生活上の要請がないのだ、と私は理解したのだ。

私はそこで非常に多くのことを感じてきた。いま、そのすべてにつきいうのはむつかしい。ただ私の感じとった差異の一つについてしいて簡単にいうなら、たとえば「個人主義」という言葉にせよ、私には——距離のある友情、お前のことはお前でしろ、という個々別々な他人の個人生活の尊重の上にたつ連帯、明瞭な責任の制度、体系の確立した、そういういわば共和制みたいなものが実際生活の上での理想であり、私なりのそれへの努力が日常をつくっている私には——必要な一つの衣服のようなものであるのに、それを確立する必要をいう彼らどうしの態度や生活から受けた印象では、彼らにはそれは一つのお題目にすぎぬ気がしたのだ。すくなくとも彼らは、私や東京の私の知人たちのようには、「個人主義」を生きてはいず、生きようとさえしてはいない。いわばもっとあたたかく、もっとあいまいな輪郭のままで一つに癒着しあっているみたいなのだ。

それがいけないというのでも、遅れているというのでもない。私は孤立し、心もとなくなり、自分の確信がゆらぎ出したのを感じたのだ。私は私の理想のため、個人主義者になるのは一応の必要な径路だと信じていた。だが、それは一つの西洋かぶれにすぎぬのではないのか。日本には、日本独自の理想社会のかたちがあり、そのためにはべつに一人一人が個人主義を通過する必要がないのではないのか。私は、いつのまにか東京での私の在り方のようなものに懐疑的になり、彼らのあたたかさにほとんど巻きこまれてしまったらしい。

潔癖な個人主義も合理主義も糞くらえ、ビジネスライクを美徳とし、ひじをはって自分の生活をけんめいに守りぬく精神も糞くらえ、なにをそんなにアクセクしてやがんだ、もっと豊かに、もっとのんびりと、肩を怒らさず素朴に人間を謳歌しながら進む道があるかもしれないんだ、という気分になってきてしまったのだ。

ここで石原慎太郎氏の『ファンキー・ジャンプ』を読んだときの奇怪さは、ちょっと忘れられない。まるで宙に浮いたものとしてしか石原氏の意図が感じとれないのだ。東京にかえって読み直して、やっとそれは私なりにリアリティを回復し、それなりにすぐれた作品であるのをなっとくすることもできたが、あのジャズそのもののような小説、即興のファンキーに積極的な意味をみつけようという切迫した自己追求は、とにかく広島では、まるで気ちがいじみた一人よがりとしか考えられなかった。なぜ主人公がここまでまるで眼をおおわれた馬のように、おいこまれているのかが理解できない。そういう作品であるのを承認できても、わかちもつことができない。同じことが、大江健三郎氏の『われらの時代』にもいえた。

ちょうど書評の約束があったので、広島市内で一冊買いもとめすぐ読みかけたが、ついに十ページと読めなかった。帰京し一休みして、東京のテンポを自分にとりもどしてからでしか、終りまで読みとおすことができなかった。

「浮いてる。浮いてる」という感じが、つねに私につきまとった。もうそのときは広島での経験に私は勝っていたが、つまり、私は東京での、やはりどうしても個人主義をへて行かねばならぬ自分、その「私」という、ただ一つの私の機会《チャンス》を再確認してはいたが、この若い日本での代表的な才能の二人、石原、大江両氏のその二つの作品につき、「浮いている」という感覚は消えなかった。はっきりいってしまえば、私はそこにヒステリーしか見出せなかったのだ。

同じ広島で私は『二十四時間の情事』をみた。が、これにはそれほど浮いた印象はなかった。（この作品はひどくよくわかる気がしたが、つまらなかった。たいへん生意気なようだが、もうこんなテーマは卒業したと思ったのである。このことは他に書いたから省く。）

だが、私はさまざまな点での、ある意味では画期的なこの映画の新しさを認めないのではない。だから石原氏、大江氏が「新しいから浮いて」いたのだとしたら、当然この映画もその新しさにおいて私に「浮いて」感じられただろう。しかしこの作品には、私は逆にもっと強力な「新しい」ものがほしいと思ったのだ。

私は自戒の意味をふくめ、また、いろいろと批判されそれについての論議が発展することを期待し、一つだけ私の思いついたその二氏の作品が浮いてみえた理由をしておきたい。おそらく、二氏のその作品には他者が存在していなかったのだ。なにものかにたいし、二氏は怒っているが、怒っているその相手がどうも明確ではないのだ。

怒るのはいい。たしかに、いちいち指摘するまでもなく現在の日本には、怒るべき対象が充満している。だが、他者のいない世界で怒ることは、つまり他者を忍耐づよくみつめ、怒る対象をあきらかにせず怒ることは、自分自身にだけまっしぐらに没入することにしかならなく、それは一種のヒステリー、ただの無意味な運動乱発と同じものにしかならぬのではないか。作品の中に怒る対象を、その他者を、しっかりととり入れていなければならない。それがなければ、それは他人にわかちもてる人間としての行為にはならず、リアリティも、また力ももつことができないのではないのか。あるのは自分の現実だけだ、という叫びは、そのままでは人びとのあいだで意味をもち存在することができない。汚されたイノセンスの記憶だけをただ一つの現実として生きてきたフランス女は、ついに他人の存在する現実に敗れた。女を敗れさせたことによってその作品はリアリティを得たのだ。そして、しかもその映画が私につまらなかったのは、その先の問題、私が他者をどうするかという問題に一向に新鮮な解決も展開も示されていなかったことにあるのだ、と私は考えた。

なるほど石原氏、大江氏の作品でも、主人公は敗れていよう。しかしその敗れ方に疑念がある。人物たちは生きようとして敗れたのではない。ただ孤絶した自分の底にかぎりなく顚落《たいらく》して行く。ここには正確な意味での敗北はない。あるのは孤絶した自分の完成、孤独の完成、つまり死か発狂かというかたちでの、生きている人間たちからの脱落しかない。

私はまだうまく他者を作品の中にとらえることができない。だから他者を描くことの困難を痛切に感じている自分の、自戒の言葉としてこれをいう資格も残念ながらあると思う。

だが、私は考える。「文学」とは、生きている人間を描くものだ。生きようとする人間、それを追うことにより、人間をそこで生かすものだ。「文学」はそういう作者のプライヴァシーの表現であり、そうして読者に言葉による人間的経験を伝達する。しかし、他人にとりそれがわかちもてるものであるためにも、そのプライヴァシーは、言葉の正確な意味で現実的なものでなくてはならず、人びとのあいだで意味をもち存在することのできる、人間としての行為でなければならない。……

生きることは、あらゆる点でひどく忍耐のいる仕事だ。しかし、生きようとしない人間には意味がない、と私は思う。

〝自由〟のイメージ

先日、ある席で先輩の作家のY氏が、「ぼくはね、〝自由〟っていう言葉を聞くと、なにか一面にひろがった麦畑のイメージがうかんでくる。……青々とした、天に向ってまっすぐに立ったひろびろとした青い麦畑ね」といわれた。と、同じ席にいた一人の若い女子学生がいった。「私は、深い谷間に咲いている一輪の白い百合の花のイメージをもっちゃいます。〝自由〟って、なんかそんな、はかない、ありもしないもののような気がしているんですね」

ふん、と思い僕は聞いた。感心していたのである。僕には自由という言葉は、べつになんのイメージも展開してはくれない。

もしかしたら、彼ら二人の表現の見事さへの劣等感のせいかもわからないが、それで僕はこっそり、けんめいに自分の〝自由〟というやつを瞼《まぶた》のうらに見てやろうとこころみた。……すると、弧を描いて、いままさに土の上に振りおろされようとしている鍬《くわ》のひらめきのようなものが目にうつった。それから、歩いている二本の脚。また2＋2＝……という数式のようなものがみえた。

嘘でも、こじつけでもないのである。どうやら僕の〝自由〟は額のあたりで鍬のひらめきを感じている自分、交互に脚をだし歩いて行く自分、イコールのマークを描いているそういう瞬間、そんな自分のなかにあるものらしい。

なんてイメージにとぼしい男だろう、と思い多少いやな気がしながら、僕は、ふと自分の前の二人との重大な相違に気づいた。要するに彼ら二人の〝自由〟は一つの風景であり、彼ら自身から切りはなされ、それぞれの瞳のまえで完結した一枚の絵なのである。――が、どうも僕のそれは、いわばつねに未完成の、僕に直結した、僕自身の行為そのものにひそむなにからしい。〝自由〟は、僕自身の運動、もっとはっきりといえば一個の僕の姿勢に、つねに進行形で重なっているなにかであり、僕をはなれた〝自由〟は、イメージとして僕には存在しないのである。

例の血のメーデーのショックを、いまだに僕は忘れてはいない。といって僕はデモに参加したわけではない。

昼すぎて、僕は都電の窓から一つの光景を見たのである。血相をかえた韓国人小学生の一団が、手に手に拳大《こぶしだい》の石を握り、日比谷の交差点を、全速力で宮城前広場へと走って行く。そろって丸坊主の頭をしていた。

僕は、そのときの恐怖が忘れられない。まだ幼い子供たちの、けんめいな、必死な顔、全力疾走をするその速度は、ちょうど艦載機のしたを逃げまどった僕たちのそれと同じだった。痛烈な、胸をしめつけるような恐怖が僕をとらえ、都電はやっと交差点を走りすぎた。……僕は、そして諒解した。七年まえ、米国小型機の銃撃を経験したときの僕には恐怖はなく、一種の鮮烈な興奮しかなかった。なぜかわからないが、いつのまにか僕は変っている。いわば僕ははっきりとそういう僕の外に出てしまったのだ。たぶん、僕は生きようとしている。もはや僕は恐怖なしに生きることは絶対にできぬだろう。二度と「死」に無感覚な僕にもどることはできぬだろう。

いまになって思うと、そのころまで〝青空〟が僕の〝自由〟のイメージであった、という気がする。悠々とB29編隊が飛んで行く光のおびただしい晴れた夏の青空。あのころ、僕たちの生活感情は青空に直結していた。美しい「無」の象徴。人間の一人もいない世界。僕たちの〝自由〟はそんな〝青空〟のなかにしかなかった。……逆にいえば、僕たちは〝青空〟のなかにのみ〝自由〟をみつめていた。それに馴《な》らされてしまっていた。

戦後も、だからしばらくは僕は青空への執着を断つことができなかった。〝自由〟が、そこにしかないと思いこんでいたから。——青空をわたる音楽のように生きられれば。たしかに、この願いは執拗に僕をとらえつづけていたのである。

だが、いつのまにか〝自由〟のそのイメージは失われた。青空は天にかえり、自由は僕のなかに入りこんだ。いつか、僕は自分の道路工事に没頭していた。いまだに僕はその工事をつづけている。これからも、たぶんつづけて行くのだろう。

そして、いまは僕は知っているのだ。結局のところ、僕は他人たちのなかに置かれているのでしかないのだということ。ほかならぬその他人たちへの恐怖により、僕が道路工事をはじめたのだということ。それこそがたぶん、僕の勇気なのだということを。つまり、けっして二度と僕が他人たちのあいだで、恐怖なしに生きることができず、また、それなしに僕はけっして現在の僕の〝自由〟を未来へと進めて行くこともできないのだということ。……いま、僕はそのことをあらためて確認しなおすことよりできない。

僕は「民主主義」を、一人のきれいな女性のようには愛してはいないし、一本の樹木のように考えているのでもない。それはそれ自体として存在してはいない。目的なのですらない、それは人間たちのあいだでの、つくりあげられた一つの手つづきの名前である。方法、またはルールの名前なのにすぎない。ルールである以上、それはトリックであるとさえいってもいい。ペテンであるといってもいい。だが、ペテンならペテンであるが故に、それは意味があるのだ。くりかえすが「民主主義」は、個人の自由と責任を尊重しそれを保護するため、人間たちがおたがいの便利のためつくりあげた一つの手つづきにすぎない。僕は、この手つづきが一個の僕にとりもっとも相対的に便利だと判断するからこそ、それに固執しようとするのである。

「民主主義」は、あらゆる主義と同様、現実を否認する精神の所産である。人間についての理解というより、これは人間についての不信、人間についての深い絶望がつくりだしたものだ、とさえいえる気がする。でも、僕は人間たちの力関係をコントロールするあらゆる他のルールに比し、やはり当分はこれをえらぶだろう。いま書いたようなことが、あるいはその真の理由かもしれない。

いくら絶望したところで人間は生きて行くのであり、生きて行かねばならない。絶望が挫折からうまれるのはあたりまえの話である。一度や二度、せいぜい数回の挫折で感傷的な絶望におぼれ、あきらめてしまうのはあまりに弱いとしかいえない。そのような人は（もしあったら）「民主主義」が、無数の絶望の深みにこそ、努力して人間がうちたてようとしているルールだということ、もともとその絶望から生まれたルールであることを知っていただきたい、という気がする。

　だからこそそれは現代の文化であり、尊重され、ほかならぬそれを支持する人間たちによって、リアリティをあたえられねばならないのだ。そういう人間たちの力により、力をあたえられねばならないのだ、と僕は思う。

　くりかえし、僕は確認する。僕は、僕たちの社会がふたたび野蛮なファッショの体制へと逆行させられるのをおそれる。そうでなくても他人たちというのは、つねに「敵」である可能性をひめた存在たちであるのに、その上、いつ水爆が飛んでくるかもしれぬ資格までしょわされるのはおことわりだ。（政府のやり口は、かれらがそれに無抵抗——というより、積極的にそれを期しているのだとしか思えないのだ）僕は、青空をふたたび自分の〝自由〟のイメージにはしたくないのである。

　僕の考えでは、新安保条約は砂川、勤評の諸問題などと同様、その内容において一連の逆行政策の一つである。おそらく未来にはふたたび警職法、デモ規制法案、教育統制、言論思想の弾圧、そしてあからさまな再軍備、徴兵制度の実施が、巧妙なタイミングでつづけられるだろう。僕は、あらゆる僕の「死」を拒否するため、やはりそれらに反対をつづけざるをえないだろう。

僕は、僕なりに占領の結果としての日本経済の、対米依存度のおどろくべき高さにつき想像ができるし、かならずしも反米感情をもっているわけでもない。……が、ごく単純にいえば地球上ただ一つの原爆被災国の国民の一人として、いかなるかたちでももはや戦争にまきこまれたくないのである。いくら金を借りたからといって無理矢理アメリカの防波堤にさせられるのはまっぴらだし、そのためのファッショ体制のなかになんか住みたくない。

日本の反動勢力がつよいのは、封建制度や家父長制度（そのあらわれとしての天皇崇拝癖や超国家主義《ウルトラナショナリズム》）と同様、金権政治がかれらの生活だからである。いわばかれらこそじつは反米主義者、すくなくも反民主主義者ではないか。かれらがいま向米の姿勢をとっているのは、かれらがただ、つねに権力をその支えにしないでは生きて行けない種類の人間だからにすぎない。……国際共産党の手先なんかではない。僕は、むしろ戦後アメリカに教えられたデモクラシーを、プリミティヴな生活の原理としてきた日本人としていうのである。日本の政治家たちはみんなあまりに無能であり、他人たちの存在に無感覚すぎはしないか。

永井龍男氏の「一個」
――〈作家論への試み〉

永井龍男氏がすぐれたコントゥールであることは定評がある。もちろん、私もそれに異存はない。

氏のコントは、たとえば獅子文六氏、岸田國士氏、また三島由紀夫氏のそれと較べると、軽快で、ウィッティで、抒情的である。獅子氏や岸田氏のように、かならずしも諷刺や文明批評をその芯にしているわけでもなく、三島氏のようにやや観念的に、自己を語ることに執しているものでもない。また、フランスのある詩人のそれのように、ファンタスティックな詩的世界のなか、あるいは川端康成氏のように、非現実にそのリアリティを発見するのでもなく、いつもその時代、その国の風俗から離脱しない。氏の作品はつねに風俗のなかにあって、風俗に支えられているのである。

私がはじめて氏の作品に接したのは、「文体」という雑誌に発表された「夏まで」（この小説は「ある夏まで」と改題され、単行本『朝霧』に収められてある）だったが、このときは私は氏のファンにはなりそこねた。

主人公は、誤って家族に戦死の公報をもたらされた帰還兵で、左腕をなくしている。些細《ささい》なことにはちがいないが、その隻腕《せきわん》の男が広島あたりの港に帰りつくところからはじまるこの小説は、冒頭に、「服の左腕を塩鮭のように萎《しぼ》ませた……」という主人公の描写があり、じっさい、不思議なほど私はいつまでもこの措辞にひっかかった。いまだによくそれを憶えている。

表面的だ、と私は感じたのだ。この言葉には、あきらかに何かの不足、いや、過度な何かがある。……ただ一つの形容句（それも今になると、あまり適切な例でもないようだが）、しかも作者自身「ギクシャクした下描き」と述べていられる作品の一句につきこういうのは、いかにも大げさだし、アンフェアかもしれない。しかし、私はこのときの私の印象が、かなり重要なことにつながるという気がする。私は、作者が、まるでぬり絵の空白の部分をつぶす絵具のように言葉を使用しているのに、（そう思った）そして、氏のそのような正確な氏の外部《いい》への忠実さに、ある疑問を抱いたのだ。

私が氏のファンになったのは、単行本『朝霧』によってである。……が、氏の文章へのその疑問は、氏の筆の円熟を感じさせる一方、ながく私のなかにのこった。

大げさついでにこの疑問を説明してしまえば、作者の期している文章の的確さは、じつは言葉をその本来の機能によらず、ただ視覚的な情景を再現し定着する一つの顔料として使用する上での、氏の趣味上の潔癖さではないのか、ということになろう。つまり氏は言葉を一つの「もの」として扱うのであり、しぜん文章もまた「もの」にならざるをえない。氏の作品に、読者は、「嫌いな言葉」を周到に排除し、過不足がないように緻密に留意された、氏の巧妙な話術を見るのである。だが、そのような文章は、はたして小説における散文の正当な在り方だといえるか。

あえてこれを書くのは、今、私にはこの感想が、氏の現実への態度、風俗性、そして氏の作品がときに工芸家のそれにちかくみえるという私なりの氏への感触と、有機的につながっているように考えられるからだ。

だが、もう一つ、私がそれに触れたのは、同時に私が私なりの氏への共感の部分、氏をとりまく事物への氏の繊細さと、氏と氏の作品の関係を拡大してみたかったからでもある。おそらく、これが氏が人生の中でえらんだ、氏自身の在り方なのでもある、と私は思う。氏はいつも見るのである。見ることは拒むことだ。「見」て「もの」にしてしまうことは、対象をピンで止めて、遠ざけてしまうことだ。(ウィットもまた立場をかえ眺めることからうまれる。)そして、氏の主調音は、やや甘美な抒情である。抒情とは、無いものを想い見ることに、現実の自己を解消させてしまうことではないのか。

……そうして、さらにここに氏の風俗小説家としての才能、明敏なジャーナリスティックな感覚、持ち味の洗煉された都会的な機智と軽快さ、しゃれっ気が加わり、練達の文章家としての職人的な厳密さがそれを鍛える。読者は、氏の軽妙な風俗の扱いに魅せられながら、練りに練られた文章により、氏の外へ押し出される。なぜなら、凝視とその定着により、氏から拒みだされた現実こそが氏の文章だからである。

読者は、通過することのできぬ明るいガラス板の感触を感じながら、氏の世界をただ眺めていることよりできない。「批評」が、作品を読みつつ作者とともに経験する精神の旅行なしにありえぬ「行為」ならば、氏の作品は、むしろ、そのような読者の側からの「行為」を綿密に締め出すことにより成り立ち、一方的な提供の完全さでその潔癖と作品の完成度とを示そうとしている、という印象さえ私はもつのである。氏の作品は、読者の侵入をゆるさず、見られることだけを要求して、読者に「考え」ることを強いない。

だが、つねに日常と風俗のなかで敏感にあたりを見、――つまり拒みつづけることよりしないスタティックな氏の姿勢は、その作業の結果として、自らをそのなかで徐々に小さく硬く凝縮して行かざるをえない。氏は正確な風景のなかで孤立し、誰とも連繋をもたなくなる。氏は美しい陶器のように孤独である。

私は風景を、氏の目を通し見ることをたのしむ。氏の工夫と人情《ヒューモア》と、その上にかけられた氏独特の透明なうわぐすりの味わいをたのしむ。……私は、私の氏への親愛を告白する。

しかし、氏のその美しさは、私に考えることを忘れさせる。ながいこと私は氏の作品にたいするとき、氏にいっさいを任せてきた。

じつをいえば、私は、昨年の本誌にのった「一個」を読み、自分がそれまで氏についてはほとんど何ひとつ「考え」ていなかったことに、はじめて気づいたのだ。

私は、この作品に感動した。この作品はかつてなく重く、それは永井氏という一人の人間の重みが、そこに歴然ととらえられてあるからである。たいへん身勝手な感想にすぎぬかもしれぬが、私にはこの「一個」という作品は、それ自体、コントゥールとしての氏の資質の根本、——氏のもつ「芸」の質を、その「芸」によって、みごとに語り明かしているものと思えた。

停年を二月の後にひかえた一サラリーマンの自殺、これが「一個」の主題であり、行き場所のなくなったサラリーマンは、電車の白い吊り手に伸びあがる嬰児に天使をみる。彼は、誰とも人間的な会話をもつことなく、自らの中でだけ空しく応答をくりかえして、言葉はついに彼の外に出ない。彼に囁《ささや》きかける相手、それは古ぼけた柱時計の振り子の音、時の刻みだけだ。もはや彼には他の人間は存在せず、それらとの交通はない。彼は一つの時の刻みそれ自身である。その彼に、どこに生きることがあろうか。彼のあそぶ相手は、天使のほかにはない。「天使」とは成長もなく生きることの負担もない、生命のない生命の化身である。振り子を止め、彼は自ら毒をあおぐ。そうして一個であることを完成する。一個とは、一つの死なのである。

読後、私はある感慨にふけった。私が『朝霧』を手にしたのは、朝鮮での戦争がはじまった頃のことであった。私は戦乱の拡大を——私の死を、といおうか——なかばおそれ、なかば祈っていた。「黒い御飯」その他、私は当時読んだ氏の作品の魅力を、今、そのような時代の記憶とともにしか思いうかべることができない。二十歳の私は、おそまきながら否応のない現実にめざめかけてもいたのだろう。鼓動のようにきりもなくつづく政治、汗くさい人間たちとの接触のあいだで、私には死よりも生のほうが故もなく恐怖であり、私は氏のただ透明な光に化したような清潔な美意識、平明な氏の抒情のなかに消えさるのを、ときに一つの生活上の必要としていたのだったかもしれない。

ほぼ十年。「一個」に私が見たのは、そのような遠い季節からの確実なへだたりと、永井氏の、その美意識へのきわめて誠実な責任のとり方であった、といえばあまりに観念的な解釈、いいすぎになるだろうか。ともあれ、私はそれを感得した。

あいかわらず、氏の文章は透明な光にみち、的確である。が、かつての軽妙なさわやかさや機智は、一転して切実な、身動きもならず生きていることとの重たさへの認識とかわり、氏はかつての氏の武器であったその孤立が、じつはどこにも出口のない孤独であることを剔抉《てっけつ》している。……これは、氏の氏自身への批評であり、その批評に支えられた絶妙のコントなのだ。

おそらく、「一個」は、作家としての氏の新しい転機を用意するものだと思う。ここでは、氏は気分とか情緒を描こうとしてはいない。その底の一個の人間としての存在の内奥をさぐることを、直接で唯一つの目的としている。このコントが、風俗のなかにあって風俗をこえているのも、理由はそこにあろう。

さらにいえば、「一個」により、氏の作品ははじめて批評を許容しはじめたともいえるのではないのか。なぜなら、主人公が死により一個を完成するこの作品こそ、それまでのうわぐすりのかかった陶器に似た、やや趣味的な「もの」の感触をあたえた氏の作品群とはことなり、逆に読者の参加をゆるすものだからであり、その理由は、氏がこの作品において、氏だけが所有する内部に言葉をあたえたからである。風景を氏の皮膚の外側に定着せず、氏が、あきらかに氏の内部だけに忠実だからである。

氏の目により、ここでは一個の「瞳」の構造そのものが定着され、なまなましく光る一つの瞳が、読者にその存在を問うのである。

サルトルとの出逢い

J・P・サルトルという名前は、僕にはひどく刺激的な名前である。書いたり口に出したり、その名前を耳にしたりするたび、いつも僕は奇妙な気恥ずかしさをおぼえる。同時に心の中でなにかがコツンときて、一種の抵抗感がうまれる。そして、なにか一言いってやりたくなる。

なにしろ、十代の終り頃からずっと興味と関心をもちつづけている相手である。なつかしいのかもしれないし、僕は、彼を愛しているのかもしれない。……どうもグロテスクな比喩で恐縮だが、でも僕の彼への感情には、いわばはじめて処女を奪った相手への、女のもつ積年のそれのようなものがあって、簡単にそれが「愛」だとか「尊敬」とかで割り切れるという気にはなれない。むしろ、僕はすこしばかり彼を憎んでいるのかもしれない。

僕の卒業論文はJ・P・サルトルの演劇についてだった。が、じつをいうと僕は最初からそれを予定していたわけではない。卒論という機会に（そんなことでもなければ自分が勉強なんてしないのは目に見えていたから）戦後のフランス演劇の全般について、なるたけたくさん作品を読んでしらべ、その知識を自分の財産にしてやろうというのが僕のはじめのプランだった。サルトルなどはいわばその中の一人として、かるく片づけてやるつもりでいた。ちょうど「悪魔と神」がアントワヌ座でロング・ランをつづけ、ルイ・ジュヴェの最後の演出という話題もあり、人気を煽っていた時代である。当時のサルトルの大流行に、僕が反撥を感じていたこともたしかだった。

……だが、僕は失敗した。

ジロドゥ、アヌイと読みすすんだあと、サルトルの劇にかかると、僕はどうしても彼の他の作品を読まずにはいられなくなった。そして少しずつ読みあさるうちに、いつのまにか僕は彼に圧倒され、しだいに巻きこまれて、やがて完全にとらえられてしまっていた。

そのとき、ふと気づいて他の作家たちを眺め直したときの狼狽を、僕はいまだに忘れない。クローデルは石像のように取りつくしまがなくなり、ジロドゥはただの「神話」の語り手に姿をかえ、アヌイは自己憐愍《れんびん》癖ばかりが目につき、サラクルウはたんなる達者な通俗作家でしかなかった。カミュは善良だが卑俗で、サルトルにくらべ、あらゆる意味で貧しすぎた。僕は、まるでサルトル以外の現代フランス演劇への感動をなくしてしまったみたいだった。そして、ジュネ、イヨネスコの出現まで、僕にはほぼこの状態がつづいた。

サルトルのなにがこれほど僕の心をつかんだのか。それを簡単に書くのはむずかしい。が、あえて一言でいえば、彼が怯え、恐れ、不快にさえ感じながら、しかし魅入られているもの——自他のねばねばした濃厚な実存の感触——それに僕もまた魅入られたせいだろう、ということになるのだろう。

おそらくサルトルは幼児的なほどリリックで、ロマンティックで、ロマネスクな資質と才能の持主で、しかも頭がよくエネルギッシュな、フランス的な合理主義者《ラショナリスト》である。彼のその明晰な意識を、実存の濃厚な感触がおびやかすときの発作が、「嘔吐」であり、それが彼の文学、いや存在を支える根っことして、彼に彼の体系の素としての「自由」というイメージをつくりださせたのだ、と僕は思う。だから、たとえばラビだったかのいったように、彼の劇は、じつはテーゼ・ドラマというより教訓劇に近く、彼の追求し展開するドラマは、人間の関係または葛藤のそれではなく、一人の人間の中に発見された状況そのもののドラマである。彼は、ある状況に置かれた人間、及び人間たちではなく、一つの状況としての人間を描く。したがって、彼の書くものはつねに複数シチュアシオンのそれではなく、単数シチュアシオンのドラマとなる。

べつに僕はサルトルの読み方を説明したいわけではない。僕は、たんなる回想を書いただけにすぎない。あれからまる十年以上の月日がたつ。記憶もあやふやかもしれない。

ただ、僕が圧倒され、とらえられたのは、ドラマティストとしての彼への讃嘆などではなく（彼の劇は本質的にすべて一幕物だ）、彼のこの発想の新鮮さと、僕にとってのその切実さだった、ということだけはいえよう。誤解かどうか、それは別の話である。とにかく僕は彼によって「星のない空の下、羅針盤をもたぬ航海者」の一人として、大洋に投げこまれているのである。

早春の記憶

——グレアム・グリーンをめぐって

何年かまえ、僕はある女友達と、壮烈（?）な喧嘩をして別れた。ソーレッ、とそれを形容したのは当時下宿していたさきの小母さんで、「あんたがたはいつもハデだけど、なにもあんなにソーレッにやんなくたって……」と翌《あく》る日、わざわざ僕一人が寝ころんでいる二階の四畳半にやってきて注意を与えたのだ。たぶん、壮烈、という字をあてていいのだと思う。

別れたこと自体にはいまさらなんの後悔も、心ぐるしさもないが、いまだにひっかかるのは彼女から借りた本が二冊、そのまま僕の書棚にのこっていることで、ときどき、このことだけを僕はちょっと負担に思う。『ブライトン・ロック』と『二十一の短篇』、ともにグレアム・グリーンの翻訳である。彼女はグレアム・グリーンの、ごくまじめなファンの一人だった。

もちろん、僕たちが喧嘩をしたのは文学論なんかではない。僕の腰かけていた二階の窓からは、道をへだてて小公園の白い梅の花がみえた。今になると、あれもこれも、みんな早春の靄《もや》のなかの記憶だ。

僕は、一人の作家を好きになると、同じ作者のものを片端から読んでみねば気がすまなくなってしまう。この二冊も、だからきっとそんな僕におけるグレアム・グリーンの季節の形見なのだ。と同時にそういう自分はまた、あの女友達とともに月日をすごした自分であり、この二冊の本はそういう自分、そういう季節からの年齢を否応なく僕に語りかける。

当時、僕は『三田文学』を編輯《へんしゅう》していたが、受けもった最初の号の特輯はフランソワ・モーリアックとグレアム・グリーンの、それぞれがおたがいについて書いたエッセイだった。四号ほどあと、僕は『ブライトン・ロック』の翻訳者に、グレアム・グリーンについての小文をおねがいした。

それはカトリック文学特輯の一つだったのだが、じつをいえば、あれはまったく僕個人が読みたかったから書いていただいたのであって、無料で(『三田文学』は原稿料がタダである)こんなトクをできるのがたいへん嬉しかった。もちろん、こっちもタダで働いていたわけだが、案外そんなことが僕にながくその雑誌を編輯させた理由の一つだったかもしれない。とにかく、編輯者なんて、自分の欲求を読者の欲求と信じなければ、とても身を入れた仕事なんてできるはずがない、と僕は今でも半分は本気でそう思っている。

ともあれ、僕はグレアム・グリーンに接したのは翻訳の『事件の核心』が最初である。それからはしばらく、彼の作品をみつけると、買ったり借りたりして読みふけらねば気のすまぬ季節がきた。じつにでたらめな順序で読んだもので、『内なる私』の頁をめくったのは、だからもう、かれこれ彼の本を十冊ばかりも読み終えてからだった気がする。

しかし、今思うと、どうやらそのころが僕の彼への関心の頂点だったようだ。『おとなしいアメリカ人』を含め、それ以後に読んだものは、すべてそんなに面白くなかった。それどころか次第に僕はこの作家に距離をおぼえはじめた。反動だったろうか。『内なる私』は面白かった。ぎっちりと実質がつまっていて、読後、僕はしばらくは奇妙に濃密な感動にとらえられつづけた。いかにも、巧さとか成熟の点ではこれは『事件の核心』その他よりずっと落ちるだろう。しかしこの方が面白いのは何故だろうか？

考えてみて、僕は彼の他の作品、いわゆる傑作とか代表作とか称せられるグリーンの作品たちが、共通して、うまくしてやられたという後味をもっていることに気づいた。いわば、どこか信用しがたいフシがあるのである。ところが長篇の中ではただ一つ、この『内なる私』だけは、動かしがたい彼を感じとることができる。

もちろん、これは一般的な評価とはまたべつのものだろう。でも、そう思うと、僕には『情事の終り』さえ、ただの文才だけで築きあげた贋《にせ》ものの小説に見えてき、そういえば『事件の核心』だっていちばん大切なところ、いちばん面白いところはじつに巧妙に、思わせぶりだけで慎重に逃げているのじゃないか、という気がしてきた。すべては『内なる私』と同じパターンのくりかえしではないのか。グレアム・グリーンという男は、『内なる私』を書き上げるのと同時に、すべての自分の書きたいこと、一切の自分のいいたいことを失くしてしまったのではないのか？

とにかく、僕はそのような『内なる私』を読んでしまったのだ。自己憐愍、アンファンティスム、などという言葉もうかんできて、僕は彼が、「閉鎖された少年」から、一つも動き出してくれてはいないように思った。

ところが、今になって読みかえすと、グレアム・グリーンの諸作はやはり面白いのだ。

『内なる私』以来、たしかに彼はつねに詐術にのみ専心しているようにも見えるが、詐術そのものが悪いのではない。きっとそのころの僕には、彼の詐術の弱さが気に入らなかったのだろう。

すくなくとも、僕が彼に、まじめな嘘のつき方をいろいろと教わったのはたしかなのだと思う。嘘をつくまじめさについて教わった、とそれをいってもいいのかもしれない。

書棚の、グレアム・グリーンの本の列を眺めながら、僕はふと、夢中で彼の中に深淵をのぞきこもうとしていたころの自分、――いくらか狡猾《こうかつ》な、いくらか子供っぽい、そしていくらか悲痛な、一つの後ろめたさに似た彼の“seedy and shabby”な激情のようなものにもぐりこもうとしていた自分、けんめいにそれに自分なりの意味をみつけようとしていた自分の、いささか筋肉を硬くした後ろ姿をながめているような気分になる。

大江健三郎『われらの時代』

大江氏の出現は、僕らにとり、いや、すくなくも僕にとって、一つの力だった。一つの激励、一つの解放であった、といってもいい。短篇集『死者の奢《おご》り』の才能と重量感は僕などがまだ拘泥していた日本の小説の因習、日本における文学についての固定観念からの自由を、みごとに立証したものと思えたのである。

が、『芽むしり仔撃ち』を分水嶺とし、僕には、氏が次第にそのファンタスティックな傾斜を露骨にしはじめてきたのが気になる。みずみずしい若さ、新鮮さは、ただの幼さのかげに沈み、リアリティが急激に減ってきたのである。今度の長篇『われらの時代』も、はっきりと氏のその悪しき延長線上に位置している。力作であり、手法上あきらかにかなり野心的なリアリズムを意図しながら、現実へのどこか空想的な態度により、結果として作品はひどくファンタスティックなものになってしまっている。

この作品の意図をさぐるのはさほど難しいことではない。大江氏は、いわば「われらの時代」におけるわれわれの否定的な側面、それを一箇の否定像として徹底的に架構することによって、現代の人間像への積極的な意志を表明し、同時にそれを挫折させずにはおかぬ現代の日本を告発しようとしている。ここに氏が描こうとしたのは、現代の若い日本人たちの屈辱であり、それへの批判である。あらゆるかれらの行動を空しくさせ「精神」を宙にうかせ、凜々《りり》しい個人の確立をはばむものとしての日本、陰湿な、猥褻な、かれらのすべての挫折の沼としての「われらの時代」なのだ。「おれにとって唯一の《行動》が自殺だ！」というラスト近くの主人公のややナンセンスにちかい叫びはその経緯をあらわすものであると同時に、そんなナンセンスな叫びしか唇に上せえない「われら」への怒りであり、訴えなのであろう。

意図は悪いとは思われない。それどころか、ある意味で若々しく切実なテーマにちがいないのだ。そしてこの作品は、たとえば『見るまえに跳べ』などと較べ、けっして遜色のある出来ではない。しかし、それらよりはるかに力がこもっていると思えば思うほど、僕にはよけい不満がつよく湧きあがってくるのだ。

はっきりいって、この主人公、南靖男の挫折は、彼をとりまく現実としての日本、また、否応なく彼をその中に属させている時代、それら外的情況との闘いにその理由があるのではなく、明瞭に彼自身の責任なのにすぎない。彼のおさない、非現実的な態度そのもののなかにその理由はあり、彼の挫折ははじめから目にみえているのである。

これは、だから「われらの時代」の物語というより、より正確には一人の夢想的な青年の個人的な物語なのにすぎない。きらきらと輝くような才能の破片を随所に撒きちらしながら、大江氏がここで描いたのは、要するに一人の子供っぽい夢想的な青年、冒険小説の主人公のみを英雄と思い、男性的と思い、どうにかしてそのような劇的な人生を生きたいとねがっているあるフランスかぶれの青年が、やはり同じその冒険小説ふうのヒロイックな正義感から、結局その夢をみたすはずのフランス行きを棒にふってしまった、というだけの物語でしかないのだ。せっかくの性交という一つの極限的な人間関係への着目も、これではただの彼の現実への厭悪《えんお》をいろどるだけのものにすぎない。天皇の扱いもいささか軽薄にすぎよう。

主人公は一つの焦立たしい否定の意志、一つの違和感でしか現実につながってはいず、結局のところ、つながろうとしてはいない。大江氏流にいえば、たしかにこれも「われらの時代」の側面の一つかもしれない。が、僕には、これがそのまま「われらの時代」であるとは、どうしても納得がいかない。意気地なしで、現実にたいし無気力で、ただ空さわぎをするだけで真の勇気もなく、悪いことに終始現実的な態度というものをもとうとしないひどく空想的な若者たち。ただ架空な現実への「出発」にのみあこがれている青年たち。そういう人間たちとしての若い世代のとらえ方にも疑問がある。すくなくとも、僕にはとうていこのように若い二十歳前後の青年たちをバカにすることはできない。「われらの時代」が、われわれの重大、痛切なテーマだと思うだけに、ある意味で作者の他愛いないスノッバリイの所産とさえ眺められかねないこの作品での氏の用意の不充分さに、僕はすこし憤慨しているのだ。

高橋和巳『悲の器』

読み終わって、しばらく快い興奮がつづいた。その野心、そのテーマ、その手ごたえにおいて、この作品が、最近の日本文学の中で重要な意味をもつ佳作であることを、僕は疑わない。

僕は、この作者が昭和六年生れであると知ったとき、ある感慨に似たものをおぼえた。それは、ひそかな、身勝手な共感というべきものであるのかもしれない。……十代の半ばで敗戦の焼跡の中に立って、他者たちへのある残酷な決意を意識下にひそませてしまった世代、「人間」についてのさまざまな伝説、権威ある神話のいっさいが崩壊してそこに裸のままさらされていた少年たち。僕はこの小説に、そういう「裸の少年」たちの一人の、その後の歴史の内容を見た気がしたのである。——真裸な一箇の動物でしかない自分。人間としてのっぺらぼうの自分と、その確認。そこから、彼らの執拗な、しかし生きるかぎり永久につづくだろう質問がはじまる。「人間とは何か？ 生きることとは何か？」

べつに僕はそれらの質問を、この世代だけのものだと主張したいのではない。世代による決定論をうのみにしてもいない。この作品はたしかに「インテリ」を描いたものだし、「正統的な小説」への努力が顕著でもある。が、僕はただ、そういう「小説」を書かざるをえなかった作者の必然、全身的な飢渇のはげしさこそ、この作品を支える最大の力であり魅力であることをいいたい。そして、その飢渇の質についての、僕なりの一つの理解を書いているのである。

眼から鱗が落ちたように、自分たちの真裸さに気づいた少年たち。彼らはつねに「人間とは何か」と問いつづけねばならない。その問いを、彼自身の肉体と思考、彼自身のつくりだす幻影とその破壊によってのみ、塡《う》めつづけて行かねばならない。……僕にとって、この作品のリアリティは作者のそうした誠実さのリアリティの他にないのである。

こういう読み方は、あるいは「小説」を提供した作者の不快を買うことになるだろうか。が、問題はそこにあるのだ。

たとえば、作者がここで構築した小説世界は、いわばこの日本という風土において未消化な西欧的な個我たちを柱として仮構されており、そのためのリアリティの稀薄さを、作者は人びとの言動、背景の風俗をふくめ、ひどく強引に抽象化することによって解消しようとする。おそらく作者は意識的に、従来のような「自然を模し」た細部の再現にこだわらない。作者のつかみとり、表現したいリアリティは、他の次元のそれであるが故に。で、作者は、ことさら各人の内面を直接につかみだす方法をえらぶ。……が、はっきりいって、まさにそのために、そこにあらわれるのはすべて作者個人の内面の、短兵急な、いささか平板なひろがり以外のものではなくなる。人物たちは、作者の思考や情念を開陳する道具としての性格が露骨になり、立体的な小説世界は築かれずに、作品は、たんなる作者の内面のデモンストレーションの場に化す。手ごたえのあるのは、作者ひとりなのだ。

日本人である僕らが、本格的な（西欧ふうの、正統的な、といい直してもよい）小説を書こうとするとき、きまってこの種の難関にぶつかる。煩《はん》を避け例を上げるのはやめるが、作者はその処理にけんめいな努力をはらっている。が、残念ながら作品は、結局は一人の「私」しかうかばぬ観念小説となった。だが、これはこれでいいのである。すくなくとも、ここには一つの「文学」があるのだ。

氏の文体についても書きたかったが、どうやら紙数が尽きた。期待して次作を待つ。ただ、気になったことを一つつけ加える。

それは読後の印象である。議論めいた言葉の渦ばかりが湧きおこって、やはりイメージが不足である。作者の意図に反し、かえって鮮明なのは、作者のいう「抒情的表白」と目される箇所であった。おそらく、これは僕の読み方のせいだけではないのである。

村松剛『文学と詩精神』

これが村松剛氏の最初の「文芸評論集」であると聞いて、意外に思う人は多いだろう。氏の文芸評論家としてのキャリアは古く、その仕事の量・質からいっても、これまでに数冊の著書があって当然だからである。

が、それはさておき、ここに集められた比較的最近のエッセー集をあらためて通読して、僕は、氏が文学的出発のころからの氏の命題を一貫して追求し、ここにその一つの手がかりをつかんだのを感じる。その命題、それは一言でいえば、「言語の精神と劇の歴史」による日本文学史の書きかえである。そして、その手がかりとは、この本の第二部におさめられている「日本の象徴主義」という題名の一連の作品である。

この論文集はすぐれている。学究的でありつつ著者の主張は明りょうで、「象徴」という語にたいする誤解や無感覚のため、さまざまに誤解されてきたフランス・サンボリスムの意味と内容を、歴史的かつ情熱的に追求する。

たとえば上田敏の「海潮音」における訳と原文を照合して、サンボリスムの詩を一種の叙情詩としかうけとれなかった日本におけるその経緯をあきらかにし、また夭折《ようせつ》した先覚・三富朽葉《みとみきゅうよう》の生涯に照明をあてることによって、それが一つの「理想主義」であり、観念の現実化であることを解明する。――もちろん、著者は象徴「詩」についてのみ語っているのではない。ともすれば文学をたんなる写実だと思いがちな自然主義的な文学観に抗し、言語を言語とし、その言語によって現実と異なる一つの世界をつくりあげることこそ「文学」であると信じ、この日本という風土の中でひたすら言語との血みどろな格闘にあけくれした、正統的な精神たちのその劇と歴史が、ここには見事に一つの文学史としての輪郭を示しながら定着されているのである。

だが、氏がその文学的出発点でえらんだ命題の巨大さと必要性は、現在においてもいささかも減っていない、と僕は思う。わが国での「精神」たちの歴史を追い、やがてはそのすべてが「宿命」ということばの中で孤立せざるをえなくなった事情を見た著者自身の苦渋とあがきこそが、それを立証している。

第一部の「異邦人」におけるカミュの視点の混乱の指摘も、僕の知るかぎりではおそらく世界でもはじめての指摘である。そこにこの作品の「古典性」と同時に、作者の思想・主張と有機的に結合したこの小説の方法や世界を読む村松氏の態度は、視点の混乱を、それが小説だとばかり単純に見のがしたり、また簡単に作者の混乱と同一視しかねない日本文学の現状では、とくに貴重なものであろう。……一般的にいって、こうした視点からの小説の再検討は実作者として僕も大歓迎なのだが、この本においては、より重要であり、かつ示唆に富むのは、第二部であるという気がする。僕は、むしろ、よりふくらませ、より完全化して、この第二部だけで一冊にしてもらってもよかったと考えるのである。

獅子文六『町ッ子』

獅子文六氏の最近の随筆集である。私は、第一ページから引き入られて、ときには疼痛《とうつう》のような快い感動をおぼえながら、月並みないい方だが、一気に読みとおした。

こんな読み方は、随筆の読み方ではない、といわれるかもしれない。事実、私自身そう思った。自分は、まるでおもしろい「小説」を読むようにこの本を読んでいると思った。そして私は、愛読してきた「金色青春譜」や「アンデルさんの記」やと同じような、氏の「小説」の読後感を、この随筆集にも感じたのである。

これは、氏の正確な、自他にたいし一貫した距離をもとうとする、節度のある文体のせいかもしれない。この本でも、「私」を「彼」に置きなおせば、そのまま氏の小説の世界が現出する。――いや、ここでは終始「私」という位置が前面に押し出されているため、より直接な氏の「個」の躍動があって、それが胸にせまる。私は、この感動を愛する。

この随筆集では、しかも、七十歳に達したという著者の意識が、逆光となってそのすべてを彩り、やわらかな深みをあたえている。

私は、ことに「町ッ子」「ロンドンの男と女」「娘のこと」「日本の親」「黄バラ組」などにつよく感動した。これらはすべてすぐれた短編小説とも読め、そこにはまったく老頽には無縁な、つよい健康な精神——「私」という、ひどく手ごたえの確かな、明治の健康な骨っぽさをもった人間、魅力にとんだ一人の男性が、今日を生きているのである。

たとえば「黄バラ組」で、小学校の同窓会に行った「私」は、自分が大勢の中で、三番目の高齢者であるのをさとる。知った顔がないので妻子を残し、一人で先に帰る。そして電車を待ちながら「妙な気持ち」になる。

「それは、寂しいとか、暗いとかいう気持とおよそ遠かった。何か、コッケイであり、微笑を誘った。……人間は自分で年をとるものでなく、ハタの者が年をとらせてくれるのだと思った。そして、年をとるのをイヤがる気持とは別に、年をとるのを誇る気持ちも、あると思った」

当代、獅子氏のほかに、これだけ若々しい老年を描ける作家がいるだろうか。

可笑しい奴
——西島大君のこと

西島とは、心ならずもいつも口喧嘩ばかりしている。最近ではめったに逢えないのだがそれでも顔を合わせ、なつかしさにしばらくニタニタしたあと、気がつくと状態はいつのまにか口喧嘩のそれに酷似している。ただし、西島の方では、どうやらそれをただ自分が一方的に叱られているだけ、としか理解していないようだ。

だいたい最初がいけなかった。算《かぞ》えてみて、もうかれこれ十年も昔になるのにびっくりしてしまうが、たしか内村直也先生のお宅で、二人きりでテンプラソバを御馳走になっているとき、ふいに彼が、これからはカンネン劇だよ、これからの芝居にはカンネンがなくてはならない、などといいはじめたのだ。

僕は、カンネンという単語にたいへん親身な、特別な感情を抱いていたから、それだけに一般でのその流通のしかたには疑問と反撥をかんじていた。それで慎重に、それはどういう意味か、とたずねた。僕にしてみればカンネンのない芝居などは「芝居」ではなく、それは古今東西過去未来にかけ、ひとつも変わらない自明の事実だと思っていた。

　彼はすると急に口ごもって、つまり、カンネン的なセリフが必要なんだな、というようなことをいった。僕は、芝居における必要なカンネンというのは、そんなものとは一応縁はない、それだけでは要するにあまりうれしくない風俗のスケッチにしかすぎないんじゃないか、と反論した。それだけでは君のいうカンネン劇はひとつもわからない。……どうやら、それ以来僕は彼の中で、カンネンの大家にされてしまったらしい。

　彼としゃべっていて困惑するのは、議論が議論にならぬことで、それがこの一昔からないのを非常に遺憾なことに思う。そのときがすでにそうであった。彼は途中からまるで意見をいわなくなり、講義を聞くか人身攻撃をうけているようにしか、他人の言葉に反応しなくなるのである。そしていう。「だって、そんなことというけどお前、おれの身にもなってみろよ、他にどうすることもできねえじゃねえかよ。よう、そう叱るなよ、おれを」

　ここにおいて、いつも、だからはじめて僕は「叱り」出すことになるのだ。それまでの議論はどこかの空間に停止し、どうしてそうすぐ負け犬みたいな姿勢ばかりをとりたがるのだ、それは愛シテチョーダイナであり、謙虚ではなく傲慢《ごうまん》であり、そうして被害妄想という名のウヌボレである。ふつうにしゃべれねえのか、と様相は押し問答のような口喧嘩の態になってくるのだ。たいてい、彼と逢う総時間のはじめの三分の一くらいから僕たちはこういう二人になり、「そんなことといったってだってお前、……そんなに叱るなよ」をくりかえす彼が、終り近い五分の一くらいから尻をまくりはじめる。つねに、彼は最後には尻をまくる。「しょうがねえんだもの、おれは。おれはこういうおれなんだからな」「この馬鹿野郎」「ああそうだよ、おれは馬鹿だよ」

ところが、その「こういうおれ」の西島は、またひどく可愛いいのだ。僕はサディストではないから、いじめて喜ぶ趣味ではなく、スゴんで尻をまくった西島が可愛いい彼でしかないのは、だからおそらく僕の責任ではあるまい。事実、そういう彼が憎めなくて、可愛いく、可笑しいという友人も多い。僕が彼につき、もっとも残念に思うのはこれだ。スゴんだときぐらい、こわくなってほしい。本当におそろしく、不気味な人間として、相手を黒い戦慄のなかに凝縮させ、沈黙させるような彼になってほしい。

話がだいぶ脱線した。だが、そのはじめての内村先生邸での、彼にいわせれば「叱られ」のとき、彼が意図し、つくり上げつつあったらしい芝居が『光と風と夢』である。芸術協会でのその初演のあと、突然彼は僕に、やはりこれはカンネン劇じゃねえな、これは、お前のいうとおり風俗劇だね、訂正するよ、といい、僕はべつに具体的にこの芝居につき、そういったつもりではなかったので、ふうん、どうもよくわからないや、どっちでもいいだろ、と答えたのをおぼえている。暑い日だった。

あれからほぼ十年、僕は『光と風と夢』に、まず僕たちの若さを見てしまうような気がする。再演を機会に、こんどこそは「叱り」でも「口喧嘩」でもなく、それをめぐりいろいろと彼と「議論」をしたく思う。もしまた彼が尻をまくる結果にしかならなくても、十年の距離を目のあたりにしたあと、彼は、自分でも少しは憎らしく、オッカない、不気味な、いやな奴にならざるを得ない気持ちでいることだろう。

江藤淳氏について

江藤淳の文章は論理的で、明せきである、とよくいわれる。どうやら、それがもっぱらの評価らしい。

だが、正直にいって、彼の文章の中には晦渋《かいじゅう》な用語や非論理がいくつもかくれているし、語の定義が変化してしまっている例もかなりあるのだ。が、それが彼の持つ魅力をそこないはしないし、彼自身、たぶんそんなことは百も承知だろう。彼の独得な、熱っぽく流麗な文章の持つ説得力の正体、いわば彼の雄弁術の持つ効果の原因は、だから決して『論理的』な点などに依存するものではない。つまり、正確には彼において明せきなのは文章ではないのである。

彼において、明せきなのはつねに目的意識である。どのような到達の径路をみながらも、けっして見失わぬ明確な目的の意識、それが読む者に一種そう快な、さっそうとした、ある一貫した明せきさの感覚をあたえる。事実、僕は、彼ほど慎重、厳密に、言葉を説得の武器としてのみ使用する決意のあきらかな文学者をしらない。

彼の目的意識の明確さは、彼に人間についてのイメージがいつもはっきりと存在していることに由来している。はんらんするゆたかな感受性の、その鋭敏、せん細な触手の収穫にふくれあがりながら、だが彼はつねにそれを彼なりのイメージの中におさえこもうとする。その点で彼は現在、一個のイデオローグであるといってよかろう。

彼は、つねに彼の人間についてのイメージに固執し、それを深め、ひろげようとしている。そうした彼の努力を支えるのは、彼の、いわば生活上の信条、といったものかもしれない。がんこなほど、ストイックとさえみえるほど、彼は彼なりの生活態度でみずからをつらぬこうとしている。彼の生活と、その信条をおびやかすものに敏感な嗅覚をはたらかせて、勇敢にそれに立ち向かおうとしている。……基盤にあるその人間観において、また人間というものの掌握のしかたにおいて、おそらく江藤淳は、日本の、戦後のデモクラシーの生んだ嫡子《ちゃくし》の一人である。

現在、彼はすぐれた文芸批評家であると同時に、若い世代の代表者の一人として、そのスポークスマンの役をはたしているが、これは彼にしたらただの結果、一つの必然であるにすぎず、すぐ古くなる『新しさ』や『若さ』などは、彼の意欲とは関係があるまい。彼の人間についての信条が、ただの目新しさや流行とは関係のない一つの人間についての考え方として正当に評価される日を一日もはやくつくり出すことこそ、むしろ現在の彼の望みだろう。

タフ・ガイ扱いされるのにいくらか照れてもいるが、でも、そのためにも彼はまだまだ精力的な仕事をつづけねばならぬのを覚悟しているようだ。

中原弓彦氏について

人間にはそれぞれその人の固有のファナティスムがあり、他人のそれを自分の中に一つの刺激として感じるとき、そこにいわゆる人間と人間の出会いが生まれる、と僕は思っている。

たしかに、フランスのある女流作家の言葉のように「この世の中で、人はいたるところで人と出会う。重要なのは、この日常茶飯の出会いから生じるなにかである」。四年ほど前、僕は中原弓彦氏に「出会」った。それはたしかに一つの刺激だった。では、そこからなにが生じたのか。彼に見たどんなファナティスムを、僕は自分の中のものとして感じたのか。

それを一言で書くのはむつかしい。正確には、おそらく、彼が彼の中でのさまざまな人物との遭遇を、ここにこうして一篇の小説として示したように、僕もまた小説という方法を借りねばならぬだろう。が、とにかく、それから『ヒッチコック・マガジン』の若き編集長として、また映画やテレビ、ミステリィの博覧強記の批評家として、さらにショート・ショートの作家として、彼のタフな活躍ぶりをいつも横目で眺めながら、ほぼ三年まえ、彼からじつは長い小説を書きはじめているのだと告げられたとき、僕は、なんの意外さも感じとれなかった。

あまり数多く会っていたのでもないのに、すでに僕は、一見当世風なこの「多角経営」の異才に、サッカレーを専攻し、できたら母校早大に残りたかったといういささか野暮ったい学究性、いかにも日本橋の老舗の嫡子らしい江戸町人風の義理がたさ、おそるべき正確・精密な記憶力と、たとえばメーデー事件で警官の銃口に狙われた経験まで、それと意識せずにじつにユーモラスに語り、表現する才能、等々を、その感情の振幅のはげしさ、エンドレス・テープのごとき雄弁とともに体験していたのである。そして僕は、つねに「多角的」に火花を散らしつづけている彼という坩堝《るつぼ》の底にひそむものが、結局は絶対に他人たちの中には解消しえない自己の自覚であり、それゆえの曖昧な調和の中で「幸福」げな他人への羨望であり自己への不安であり、彼のユーモアが、他人へのサービスというより、もっと自己本位なものであること、つまり、彼のいっさいは、ときには相手の存在さえ見失うほどの怒りであり、いいかえれば、彼自身のおびえへのそれほど激情的な固執なのだ、と思うようになった。じじつ、彼ほど本質的に「遊び」や「軽薄さ」に遠く、それらに執拗かつ大真面目な関心や好奇心やを抱きながら、それらの不得手な人間もすくない。

常人の何人分かの一日の多忙な時間をさき、当時の最愛の恋人（現在の夫人）にもあかさず、こつこつと年余の歳月を費やしてこの小説を完成したことも、彼のその孤独と固執の強烈さの証拠だろう。また、一般に我国の風土には適さないというのが通説の、英吉利風（イギリス風、というよりこの語感が近い）のユーモアを盛り、構築のがっしりした「面白い」本格小説を、と意図したのも、彼の「個」が、いわゆる純文学の、自分の「個」に居直りすぎた態度、いわゆる大衆文学の、自分の「個」の追求に手を抜いた態度に、ともにあきたらなかったことの当然の推移だろう。

同時に、これがパロディの形をとったのは、彼が、彼の中の「本格小説」――いわば「西欧」のイメージを、彼なりにけんめいに「日本」の中で誠実に消化しようとしたことの、一つの必然だったのかもしれない。

最初の小説として、いささかナマに彼の性急さが出すぎている点があるにしても、ここにこめられた現代日本の市民社会のカリカチュアライズ、その井戸端性の批判が面白いのは、笑いについての彼の態度が個性的だからである。もちろん彼は読者が笑うことだけをもってこの作品の成功とは考えまい。が、この面白さのリアリティは、まさにこれが、彼の固有のファナティスムの火花の一端であることにかかっている。僕はいま、一端と書いた。なぜなら、彼の中にはまだまだ作品化されるのを待つ彼固有のファナティスム・イメージが多くかくれている。そしてイギリスの十八世紀の小説がどうあろうと、本格小説がどうあろうと、中原弓彦という一人の人間が生きている事実には及ばないし、逆にそこからでなければフィールディングもサッカレーもディケンズも無にひとしい、という自覚をこれからの彼が次第に明瞭にして行くのが、僕には信じられるからである。

『遠来の客たち』の頃

――曾野綾子氏について

曾野さんに『三田文学』の編集担当として、はじめて小説をお願いしたのは昭和二十八年の秋である。渋谷の喫茶店で友人に紹介してもらった。雨の降る日だった。透明なビニールのレーン・コートを着て、背のたかい、いかにも賢こげな目をした大柄な女性が友人につづいて店に入ってきて、「ワタクシ、ソノでございます」とひどく丁寧な物腰で自己紹介をした。向いあって坐ると、その女性はまたいちだんと背が高くなったように思え、へえ、いやにデケエひとだな、というのが僕の第一印象だった。

当時、すでに曾野さんは臼井吉見《うすいよしみ》氏や一部の作家たちに認められていたらしいが、僕はそのことはずっと後で知った。曾野さんについては、友人に借りた数冊の「新思潮」にのっていた作品の他に、ほとんどなんの知識もなかった。ただ、いくつかのその作品に共通する、全体に光るような粘りのある文章に魅されて、この作家なら大丈夫、と単純なアタリをつけていただけなのである。

『三田文学』にもらった最初の作品は『鸚哥《いんこ》とクリスマス』で、これは僕の好きな作品だったが、それだけにどう評価されるかが、まるで自分のもの以上に気がかりだった。この気分は編集の経験のある方ならおわかりと思うが、だからそれが好評を受けたときの嬉しさといったらなかった。すぐ電話をして、こんどはすこし長いものを、という依頼をした。

「では、何枚ぐらいいただけるんでございましょうか」

「そうですね、七十枚、いや、八十枚でも結構です」

「そういたしますと、七人か八人の人物を出せますわね。ワタクシ、十枚あれば人間を一人描ける、と計算してるんでございますの」

もう十年も昔のことで、現在の曾野さんにはちょっと迷惑かもしれない。が、この言葉はそのころの曾野さんの客気《かっき》といっしょに、曾野さんの小説にたいする考え方、その成果を支える確信の質を、かなりよく暗示していた気がしてならない。

もちろん、その言葉に僕はびっくりし、当時の僕なりの反撥もかんじた。だが、期日ぴったりに届けられた作品を読んで、僕はあらためて曾野さんの文才に感嘆し、ほとんど呆れかえった。なにもいう気になれなかった。それほどその才能はあらゆる計算を越え、ブリリアントにそれをカヴァして、どこにもその計算の計算としての欠点を見せていないのだった。この作品が、『遠来の客たち』である。僕が本当に曾野さんのすぐれた才能を信じたのは、じつはこのときからかもしれない、といまになって僕は思う。

はじめこの原稿の表紙には、『一九四七年夏』というもう一つの題名のプランも書かれていた。相談をうけ、僕は『遠来の客たち』を選んだ。——すると、しばらく首をかしげ惜しそうな表情をうかべてから、曾野さんはふいに決然とペンを握り、手に力をこめ、『一九四七年夏』の文字の上に太く線を引いた。

石原慎太郎氏について

石原慎太郎氏が「太陽の季節」で登場して、すでに十年になるという。それを聞いて、一瞬、私はひどく意外な、ひとつの発見をした気がした。――なるほど、そういわれればたしかにそうに違いないが、十年といえば短い時間ではない。が、その間、「石原慎太郎」というイメージは、つねに青年たちの代表としてのそれであって、すこしの変容もとげてはいないのである。

最初に告白をしてしまうが、私は、「太陽の季節」には酔うことができなかった。これでは大人向きの輸出品じゃないか、という考えが、まず胸に来たのである。

文学青年としての私の課題は、やはり、当時の既成の道徳・人間観・人間関係のシンボルとしての「大人」たちに対し、「若者」である自分を主張することであった、といってさして誤りはない。そして、そのころは私もまだ「大人」に対する「若者」に属していて、だから、私はこの「太陽の季節」のあまりにも明快・単純な若者たちによって、敵視していた「大人」たちに、「若者」がタカを括られてしまうのが口惜しかった。こんなものではない、そんなにカンタンにナメられてたまるか、という不快感もあった。

私は、この華麗で歯切れのいい稀有な才能が描いているのが、「若者」のせいぜい皮膚であって、すべてが皮膚での感覚にとどまっているのが、いかにも無念だった。たとえ、それこそが石原氏のひとつの発明であるにしても、そのために落されてしまった部分、その代償が大きすぎる、と思ったのである。

テーゼがありアンチ・テーゼがあり、そしてジーン・テーゼが生まれる。私はしばらくは氏の作品を、そのアンチ・テーゼとしてより見ることができなかった。とにかく描いて示すのだ、すこしでも「大人」たちに食いこむのだ、いっさいはそれからだ、という氏の発想を感じて、私はそれをいわば政治的な、積み重ね方式みたいなひとつの戦術なのだ、と解した。

だから、結局のところ、私は「太陽の季節」の出現は、文学的事件というより、ひとつの社会的事件である、という当時の通説のなかにいたのだった。——だが、たぶん、その表現は適切ではない。いまなら、むしろ私はこういい替えるだろう。石原氏による「太陽の季節」ではなく、「太陽の季節」をキッカケとした白面の青年「石原慎太郎」の出現こそ、どうやら、ひとつの社会的事件だった、と。……

事実、氏の出現した後の青年たち、昭和三十年代の青年たちは、ちょうど膨脹期を迎えたマス・メディアの波にのった「太陽の季節」の作者の、奔放ではなばなしい、あたりかまわぬ精力的な活躍に、ある理想的な「青年」のすがたを見た。氏の作中人物に欠けている肉感、人間としての重みをおぎなって、その「石原慎太郎」の活動は、かれらに一人の理想像・シンボルとしての「青年」のイメージをあたえたのである。……以来、かれらはその行動・思考において、また夢想や生活にたいする感覚の点において、この「石原慎太郎」のイメージがモデルになり、それに影響され、そのパターンを意識せざるを得なくなった。

ある映画で、氏はみずから「太陽作家・石原慎太郎」のカリカチュアを演じさえもした。が、その監督のおそらくは意地の悪い、皮肉な意図とは逆に、平然とそれを演じた石原氏は、いつのまにか、そこに現代の典型的青年像の存在を、身をもって示してしまってもいたのである。

石原慎太郎氏は、新しい「若者」のすがたを世にあらわした。が、それは氏の作品によってというより、氏の「活動」においてだった。……私は、そう見る。

——もっとも、最初に私がいだいた文学者・石原慎太郎への不信頼は、「処刑の部屋」により一変し、「亀裂」によって、完全にひとつの畏敬の念にかわっていた。ここは、こうるさく氏の作品論をする場ではないだろうが、ご参考までに私のもっとも好きな氏の作品名をあげれば、前記の二つにつづいて、「完全な遊戯」がある。

これを読んだとき、私は感嘆して、アンチ・テーゼだの、ひとつの戦術だのという、氏の作品への最初の理解をひどく恥ずかしく思った。氏は氏の世界をつくっているのであり、それは明瞭に私の後に生まれた者の世界だった。

……思い出すが、そのころは「戦後は終った」という言葉がさかんに使用され、私を戸惑わせていたのだった。そのときの私には、戦争すら私のなかでまだ完全には終ってはいないという感覚があって、なにをそんなにいそぐのか疑問でならなかった。が、おそらくその感覚への態度の差が、私を石原氏から隔てた壁だったのだと思う。――つまり、私の石原氏へのオマージュを一言でまとめるなら、それは、氏によってはじめて「戦後がはじまった」のだという、嘆息に似た私の感想につきる。私の考えでは、そのころ、氏の出現によって終ったのは、じつは「戦争」そのものなのである。

一般に石原氏は、「青年」の作家であり、昭和三十年代の青年像をつくり、定着した、といわれる。が、だから私の結論では、じつは石原氏の青年期は昭和二十年代のそれなのであって、三十年代の青年たちは、そういう石原氏が身をもって三十年代を生きたそのすがたを、——いわば、二十年代につくられ、三十年代に売りに出された氏の「青年」像を、お仕着せのように着てすごしたか、あるいは、それをお仕着せと意識することによって過したのである。そして今年、昭和四十年を迎え、そろそろ石原氏のお仕着せから、若者たちの手脚ははみ出しかかっている。……またこの十年、「石原慎太郎」は石原氏自身の小説の最大のモデルだったともいえるだろう。たぶん、それが氏が氏の名の「青年」の典型を、一貫して生きてきたことの理由である。

だが、同時に、この間に明らかになったことは、氏の登場人物たちが、つねに氏の分身というより氏の部分にすぎず、氏の作品より、氏の肉体のほうが大きい、という事実でもある。もう、氏は「青年」の代表であったり、典型であったりすることは要らない。石原氏は、ふたたび昭和二十年代のものでしかない彼の青春をみつめなおし、氏だけの世界をその肉体で塡めるために、石原慎太郎氏自身の「壮年」を生きるべきであろう。

第2章 わが町・東京

わが町・東京

新しい東京につき書けということだが、じつは先日、ある婦人雑誌のグラフのため東京じゅうをまわって、僕はあまりに自分が「東京」を知らなかったのにいささかガクゼンとしてきたところだ。地理だけではない。なにかで見たり聞いたりして、よく知っていたつもりのものにしても、実地に見る印象は大ちがいだ。いい勉強をさせてもらった。

その必要がなかったまま、僕はあたらしい地下鉄には乗ったこともなかった。そんなチャンスでもなかったならわざわざ東京タワーにものぼらなかっただろうし、まだしばらくは単純にそれをただの電波塔だと思いこんでいたろう。その他グラフにはのらなかったが、晴海《はるみ》埠頭《ふとう》や夕暮の外苑《がいえん》のカミナリ族、また、それに属する奇怪な建物をすべてピンク一色に統一した某有力新興宗教団体、議員宿舎、各地にできた団地、ターミナル・デパートの盛況、マンモス・ビルの食堂など、僕はこの機会に、東京というより、いかに自分が現実にうといかをみてきた。——もっとも、「新しい東京」とは、つまり東京の「現実」のことなのにちがいないが。

そう。つねに問題は「新しい人間」とか、「新しい現実」とかではない。「人間」であり、「現実」であるのでしかない。

たとえばあの劃一的《かくいってき》な生活がおたがいにその断面を向きあわせ無数にならんでいる団地アパートの、その奇妙な活気と余裕のない拘束感の光景。見てゆくと窓に緑のカーテンがのぞく部屋が多くて、それがさらに僕をせつなく息ぐるしい気持ちへとおいやる。緑が、眼をやすませ神経に休息をあたえる色彩だという知識が、さっそく応用されねばならぬその営みの緊張度を、それらの生活の切実でけんめいなある気魄《きはく》みたいなものをかんじるのだ。みんな必死なのだ。

そして、マンモス・ビルの食堂の昼食どき。（昼休みの終る時刻まですわっていて、僕は昔みた『大地』という映画の、イナゴの大群の襲来を思いうかべた）いっぺんにいくつかの階段を埋めてあふれ出す若いB・M、B・Gの洪水、ひしめきあふれながら、つぎつぎとセルフ・サーヴィスの皿に機械的に食事をのせ、同じ食事をてきぱきと消化し交替して行くかれらの速度と量。いわば、それは自発的、集団的なエネルギーの補充であり、そんな一つの嵐である。ひどく事務的な、ひどく生理的な、でもかれらにしてみればひどくあたりまえな、なんの疑念もない、健康・明朗なそれは何気ない生活の一部なのにすぎない。

なんとなく僕はジクジたる気持ちになる。僕らは、いやすくなくも僕は、これらの人びとにとり、ひどくファンタスティックな作品しか書いていないのではないのか。それでいいはずはないのだ。この現実に踏みこみ、その感情や論理をリアルに定着した作品、この現実に正面切って四つに組み成功した作品は、僕の考えではまだうまれてはいない。僕は、僕自身の渇きをみせつけられた気がしたのだ。他人をあてにすることはできない。せいいっぱい僕も渇きを医す努力をせねばならない。なぜなら、それはほかならぬ僕の渇きでもあるのだから。じつは、僕もまたかれらと同じこの現実を生きているのだから。

これはいわば余計なこと、僕に個人的な反省をさせた風景だったのにすぎぬが、もう一つそれとべつに、僕のみたその最近の「東京」には、僕をひどく不安な気持ちにさせた印象があった。「東京」はだだっぴろい。が、その「東京」のどこへ行っても、(まさか利島《としま》や式根島《しきねじま》など東京諸島には行かなかったからそれは除くが)奇妙に焦立たしく重くるしい、どこか神経のケバ立ったような顔が共通していたのだ。なんだか、もうガマンがならない、といわんばかりの顔が、妙になまなましく、するどく、随所で僕の目に吸いついてきたのだ。

　昔からいくら生き馬の目をぬくといわれた評判の土地柄でも、しばらくまえまではどこかもうすこし抒情的で、抒情的詠嘆的であることをゆるした風景がみられた。しかし、それがどこもかしこも、へんにギラギラした現実的なそれでしかないのだ。その中で、人びとは共通してなんとも落着くことができぬ、殺気立った、へんに切迫した出口のない表情をしている。足が宙にうき、しかも見えない手で頭をおさえつけられているみたいな、へんに焦立たしく鬱屈《うっくつ》した空気が、奇妙な不安をひめ「東京」を覆っている、そんな気がつよくしたのだ。

　そのことを僕は友人に話した。そう、なんだかこのごろ、みんな噛みつきそうな顔をしている（彼の表現である）ような気が僕もするんだ、と友人は答えた。おかしいんだ、と僕はいった、このごろは景気はいいほうなんじゃないのか？　それなのに、いわば、もしなにか事が起こってみろ、みんなモッブ化しかねない感じなんだ、なにか、ひどく危険なものがあるみたいだ。……はけ口のない伸長した人びとの合理性が、自己崩壊をもとめているみたいなんだな、と友人にいった、これはファシズムへの危機だよ。

　これは、いささか滑稽な僕らの事大主義だけを語るものなのかもしれない。が、ちょっと思うことがあり、それから広島に旅行してきて、僕は、すくなくも現在のそこには、それほどの不安や緊張がないのを感じとれた。そして、かえってきた東京は、やはりその焦立たしげな顔を持続している。これはなんなのだろう。なにを意味した表情なのであろう。

だが、そう思いつづけながら、僕がそんな状態の現在のこの東京の中で、やっと僕が僕になれたような気もしているのは、やはりどうしようもなく東京が、「東京」だけが僕にとりわが町だということになるのだろうか。

神話

先だって、叔父が古い8ミリを見せてくれた。叔父の家と私の家の二家族が、叔父の車で鎌倉にドライヴに行った記録である。

いま見ると車は黒塗りの大型のセダンで、どうやら36年型のビュイックらしい。要するに太平洋戦争のはじまる前、まだそんな車がえらそうに走りまわれていた時代のフィルムである。でも、画面は鮮明で、色褪《あ》せているわけでもない。家が区画整理の対象になって、古い荷物をひっくりかえしているうちに叔父がみつけたものらしいが、それにしても、よく残っていたものだと感心した。

私は小学校の三年生くらいだったが、そのドライヴについては比較的よく憶えている。幼いころから私は鏡と写真が大きらいで、いちばん厭《いや》なのが鏡の中の自分とじっと対面していなければならない散髪屋での時間だった。はっきりいえば――つくづくつまらない性質だとは思うが――私は自分が大きらいなのだ。もう少し自分が自分の理想に近い自分であってくれればいいと思う。で、自分を見てはガッカリする。だから自分がきらいになる。まったくバカげたことだが、きっと私はいささか傲慢すぎるのであり、すべては自己愛の裏返しにすぎないのだろうとも思う。が、いまだにこの傾向はつづいていて、私はめったに鏡を見ないし、写真を撮されることは苦痛である。じっさい自分でも情なくなるほどだが、でも、これは私の「わかっちゃいるけど」やめられない弱さの一つである、と近頃では覚悟している。

だからその日、叔父の8ミリの目が私を狙いつづけたことへの恐怖に近い嫌悪は、いまもはっきりと記憶している。私は彼に石をぶつけ、彼のうしろへと廻り、べつに私一人が撮られているわけでもないのに必死に逃げまわって、叔父はいくども嘆声を発し、母や叔母に私は叱られつづけた。

八幡宮や、大仏、岩の多い海岸、それに名は忘れたがどこかの寺への参道のような、両側に木の繁った薄暗いゆるい石段の道があって、鹿の脊紋のような木洩れ日の斑点がそこに動いていた。私はすっかり意識して写真機をもつ叔父にばかり注意し、彼がちょっとでも写真機を持ち直すたび、母や他の人びとのかげにかくれたり、駈けだして画面の範囲の外に出たり叔父のうしろに行ったり、どうしても逃れられぬときはしかめっ面をし、両手を顔の前で振ったりした。帰途はわざと助手席、——運転する叔父の横にすわり、ここなら知らないうちに撮される心配はない、と思っていた。その点、私は意識過剰のいささかコッケイな、コザカしい子供だった。

その記憶はたしかである。もし必要なら、私はカメラを避けた私の動作につき、もっとくわしく説明したっていい。それがそのときのことである証拠のため、その日われわれが行った場所の風景を、もっと精密に具体的に、あれこれと指摘することもできる。

風景や天候の記憶は正確だった。それはフィルムの回転とともに明らかになった。……しかし、私は呆然としていた。画面には、信じられぬような「私」が動いていた。――彼は、わざわざカメラの前に顔を突き出してはニヤニヤする。充分に撮されていることを承知したポーズで海に石をほうり、振りかえって得意気に笑いかける。例の参道のような道では、人びとの先頭に立ってすたすたと歩いてくる。大仏の前では、珍妙な顔をつくり、大仏の真似をしてすましている。ほがらかにカメラに何かをいう。十分間ほどの映写がつづくあいだ、私は、はじめに「へえ……」と叫んだきり、声が出せなかった。

私は、あんなに自分の外観に無邪気な自信をもち、いきいきと明るく動きまわっている自分なんて、夢のなかですら見たことがなかった。ヤケのヤンパチになって演技してみせていたのだろうか？　でも、ひとつも逃げたりかくれたりせず、手を顔の前で振るシーンもない。要するに、私は撮られるのを愉しんでいるとしか見えない。カメラの目が冷酷にそれをとらえていた。

「……逃げまわんなかったのかなあ、ぼくは」呆れて、私はいった。「ぼくはそう憶えているんですけどねえ」

「逃げる？　どうして？」

すっかり頭の地肌がむきだしになった叔父がいった。「それより、あんたは悪戯ばかりしてたぜ。わざと私にしゃべりかけて、笑わせて失敗させようとしたり、うしろから車がくるといったり、駈けてきて腕にぶら下がったり……」

「そうよ」と、これも髪にだいぶ白いものが目立ってきた叔母がいった。「それで、お母さんに叱られどおしだったじゃない？」

では、それがせめてもの当時の私の、「写されること」への抵抗だったのだろうか？　それにしても、フィルムの中の私はなんと朗らかに動きまわっていたことだろう。私は子供が「無邪気」だなんてけっして思わないが、しかし映された私は、叔父の目にさえ「無邪気」な子供としか見えない。あの表情、あの態度からは、どうしたってカメラの目への嫌悪や恐怖は想像できないのだ。

私は、だが、写真や鏡で自分を見るときの苦痛が、小学校へ入る前から私にあったことは確かなのだ、と思った。「ちょっと温和《おとな》しくして下さい」と、出来たばかりの五反田の白木屋の散髪屋（あれは五階だったろうか？）でいわれた記憶がある。いやがって横を向こうとして右の眉を半分剃り落されたときだ。あれは、完全に小学校に上る前の自分である。

同じその私が、しかもそのドライヴの折のカメラへの嫌悪や恐怖をいまだにありありと憶えているというのに、だがフィルムには、むしろ写されるのを愉しんでいるみたいな私しかいないということ、いかにも無邪気で朗らかな私しかいないということ、これはいったいどういうことだろうか。どっちかがまちがっているのか。……フィルムで見るかぎり、あの私がカメラの目を嫌悪したり、怖れたりしていた筈《はず》はないのだ。

では、間違っているのは私の記憶なのだろうか。

すっかり自信を喪失して、私は、幼年時代というやつは、一つの記憶というより、一つの神話なのだという気がした。おそらく、それは事実とは何の関係ももたない。ひとが過去と呼ぶもの、たいていの場合、それは彼の自分勝手な現在の投影なのにすぎない。

そんなあたりまえなことと、或る人はいい、或る人は私のこの記憶のインチキさ、はなはだしく勝手なこの錯覚を嗤《わら》うだろう。が、私はすべての人間の「自分」とは、多かれ少かれこのようなそれぞれの手で捏《こ》ねあげられた幻影、伝説、事実には一応無関係な、それぞれの自分についての「神話」ではないのか、と考えたのだ。つまり、人びとの生きるということは、じつはそれぞれの手製の神話を生き、同時に、それにいっそう手前勝手な強固さをあたえて行くその過程ではないのか。

「兄さんも、あんがいカッコよかったのねえ、とうてい同じ人だとは思えないわ」

フィルムの中で、白い赤ん坊の帽子をかぶったまま、しじゅう子猿然と母の胸にかじりついていた末の妹がいった。

「ぼくもそう思っていたところさ」

私は憮然《ぶぜん》として答えた。と、叔父がいった。

「そうかねえ、いまとひとつも変ってはいないとぼくは思うけどね。あの怒ったような顔で海に石を投げているところなんて、いまとぜんぜん変らない顔じゃないか。いたずらでねえ、とにかくこの人は。それだっていまとちっとも変ってない」

私はびっくりした。私はよくこの叔父の相談にのったり、揉めごとの後始末をさせられたりしてはいるが、彼にいたずらをしたり、彼の前でいたずらをした記憶なんて、まったくない。いったい、彼はどんな「自分」を生きているのか？　いずれにせよ、私としたら、彼に私が「いたずら」だと思われているのなんて、意外というよりない。

……とにかく、事実そのものには意味がないのだ、とくりかえし私は思った。問題は、その人間がどうそれをとらえ、どう所有したかなのだ。その角度、その手つき、その堆積が、一人の人間としての「彼」、そして彼の「自分」をつくりあげる。つまり、彼という人間の神話をつくりあげる。彼は、じつはそこにのみ存在しているので、事実の中には、逆にその彼の影しかない。――

「どう?　もう一回、そのカッコよかったとこみてみる?」

叔父がいった。どうやらフィルムの巻き戻しは終わっていた。

「ぼく?　ぼくならもう結構です。どうもありがとうございました」

と私はいった。そこで叔父は映写機をしまい、私と叔父はビールを飲み、双方の家族は食事をはじめることになった。叔父に区画整理の話を聞きながらも、私はしばらくのあいだ、自分の興味がともすればおたがいの「神話」へのそれに移り、それだけでいっぱいになってしまうのに弱りつづけた。

「日々の死」の銀座

銀座を歩くのが僕は好きだ。僕はハイキングというやつをたのしめない。人気《ひとけ》のない野原や山を歩くことがどうして面白いのか不思議に思う。いつだったか北海道で一人で野道を歩いていたらそこは札幌市の郊外でべつに深山幽谷《しんざんゆうこく》という場所ではなかったが、ふいにこわくてたまらなくなった。クマが出てくると思ったからではない。人間のいない風景、人気のない風景というやつはこわいものだ。まるで自分が自然の中に併呑《へいどん》され、消えてなくなってしまうような気がする。

だから僕は自然には心が許せないのだ。空気がいいとか健康にいいとかいうのはつまらないリクツで、結局は逃避的感情のへたくそな正当化にすぎない。都会生活にはてらいや気取りがあるからいやだというのも奇怪な放言である。人間があつまればそこにルールができ、てらいや気取りが生まれるのはしごく当然な話で、それはそこに人間がいることと同じことだ。僕は人間にいちばん興味を感じるし、人間がつくったものの中では、洗練されたものにもっとも好感をもつ。だから銀座をぶらぶら歩いていて、たくさんの人間たちのなまの顔を見ているのが面白いし、工夫をこらしたショー・ウインドーや化粧や建て物などのあいだで、人間のふしぎさをたのしむ。

だれだって何を面白がるかはその人の勝手だから、銀座をたのしめない人がいるのは仕方がない。だが僕個人には、その不潔、気取り、冷酷、醜悪、やせ我慢、騒音、にぎやかさをふくめこの街はいちばん気に入っているのだ。旅行からかえるたびに僕は銀座を歩いてホッとし、ホオがくずれ、やっと自分にもどったような安心と気楽さを味わう。

これはもちろん僕が東京のいわゆる山ノ手の子供として育ち、小学校に行く前から銀座のデパートや日劇の地下をもっぱら遊び場にしていたことにも理由があるだろうし、父母の好みだとか、慶応以外の学校に行かなかったことにも深い因縁があるのかもしれない。学生のころ、僕が洋モクをかかえていちばんうろつきまわったのも、まだ露店が両側に軒をつらね、素人の奥さんたちがあやしげな商法でバーなどをひらいていた銀座なのだ。

四丁目の三越でストが起こったのは昭和二十六年の十二月である。ちょうど民間放送が発足しかけていて、僕の「日々の死」という小説は、その歳末の銀座四丁目の交差点からはじまり、約半年ののち、主人公が同じ場所に近づくところで終わる。いわゆる血のメーデーは、二十七年の五月である。この小説で、僕は僕の青春を描き出してみようとした。

いつのまにか露店が消え、表通りに銀行やビルがふえて銀座の夜が早く終わるようになり、堀り割りは埋め立てられ、高速道路が空中に出現する。銀座は、いつも昨日のままみたいでだがどこかがちがっている。そんなことも僕にはひどくたのしいのだ。変化と洗練をきらうなんて、僕にはおよそ不可解な感情だという気がする。

正常という名の一つの狂気

——「りゅうれんじん」〈仮題〉の原作者として

劉連仁は実在の人物です。十三年ものあいだ北海道の各地を逃げつづけて、昭和三十三年二月、当別町材木沢の雪の山中でようやく見つけられた中国人です。新聞にも大きく報道されましたし、まだご記憶の方も多いでしょう。

彼は戦争の末期に労働力の不足を補うため強制的に北海道に連れてこられ、M炭鉱に送りこまれた中国人捕虜の一人でした。きびしいノルマと空腹と、苛酷な制裁に耐えかね、彼が収容所を脱走したのは昭和二十年の七月つまり終戦の一ヶ月まえのことです。いっしょに逃げた四人の仲間はすぐに捕りましたが、彼はそれからの長い年月、ただ一人で飢えと寒さに耐え、熊や狼、いや、それよりも人間の目を極端におそれながら、各地を転々として生きのび、われわれにそのおどろくべき生命力を示しました。現在、彼は故郷の山東省高密《カオミィ》で、妻子とともに幸福に暮らしているということです。

はじめ僕は、この実話をもとにしてテレビを、といわれたとき、正直にいってかなり困惑しました。なるほど面白い話題にはちがいない。が、それが現在のわれわれにとってどんな意味をもつのか。この人物を描くことにどんな意味があるのか。十三年もの間、北海道の各地を転々として生きつづけた劉連仁、はっきりいってその彼は、もはや終結した過去の遺物でしかない。戦争の傷痕の象徴としても、いささか特殊すぎます。そして、僕はその間、彼がいかにして生きのびたかの記録を追ってみたところでしようがないという気がする。何故ならその十三年、たしかに彼は旺盛な生命力と工夫とで生きつづけはしたが、いわばそれは社会の外でなされていたにすぎない。ところがわれわれは例外なく社会の中で生きているので、そうなると彼のような存在は、ロビンソン・クルウソーのような物語としての意味しかもたない。ロビンソン・クルウソーならロビンソン・クルウソーのほうが面白いだろうし、もし戦争の悲惨を訴えたいのなら、もっと他に適切で意義ぶかい素材があると思える。だいいち、僕にはいまさら過去の戦争の悪や悲惨を、「訴え」てもはじまらない、という気がする。戦争が終わって、まる十七年がたちます。振りかえることには、ほかならぬその「振りかえること」による限界があり、それをくりかえす気にはなれない。僕は、むしろ現在のこの微温的な「平和」の、その不安とやりきれなさ、息苦しさの中で、身動きもできない関係にしばられ、しかも全体に暗い傾斜をたどっているとしか判断のできない今日の体制の中で、なおかつ生きつづけようとする人間の努力と、その底にひそむどす黒いものの剔抉《てっけつ》にしか、身のはいった関心がもてない……。

そこで僕はディレクターの守分、清水両氏の意見を参考にし、劉連仁を架空の「りゅうれんじん」として設定して、彼を、戦後に生まれ、戦争をまったく知らない少年の目でながめさせようとしました。――りゅうれんじんは終戦を知らないし、信じません。したがって彼に流れているのはいまだに戦時中の時間であり、彼の行動、彼の恐怖、彼の願い、つまり彼の世界を支えているのは、いまだに彼なりの「戦時」である。僕はそう考えました。だから、すでに戦後（あるいは戦前かも知れませんが、とにかく）という平和な時間の中に閉じこめられてしまっている僕たちから見るとき、彼は、はっきりとわれわれの世界の外側に位置した人間です。われわれが戦時中に体験した、せっぱつまった、グロテスクな、でも、どこか明るすぎる青空みたいな、単純・明瞭な日常、――いわば、あのころはつらかったが、でものんきはのん気だった、とよく述懐するみたいな――そういうある意味では気らくな、自分ひとりだけの時間を生きている存在です。

僕は、彼をそのような存在として描くことによってのみ、彼が現在のわれわれを照らす「鏡」になりうると考えたのです。

いまどきそんな戦時中の時間しか生きていない人間なんて、実際にはバカか狂人です。いや、さらにいえば、——これは僕が追いかけているテーマの一つですが、一人きりの人間は、じつは「人間」ではない。人間を「人間」にする最小の単位は一人ではなく、二人である。人間は、他の人間たちとの関係の中において、はじめて「人間」であるのだ。……大ざっぱにいって、僕はそう考えています。この点からいっても、一人きりの時間を生きていたりゅうれんじんは、じつは非人間化した人間、人間であることをなくした動物だといえます。社会というややこしく輻輳《ふくそう》する人間関係の中に住むわれわれが、そのような存在としての彼を眺めたとき、彼を、バカ、あるいは危険な狂人と見ることは、きわめて正当なことだと思うのです。

ですから、りゅうは(すくなくとも僕にとっては)フールとしてしかリアリティをもちえません。で、僕はりゅうを「聖なる愚者」として扱うことが、僕なりにいちばん納得でき、しかも彼を「今日」に結びつけ、テーマをひろげうる最良の方法だと思いました。つまり、バカとしてのりゅう、そのグロテスクさ、滑稽《こっけい》さ、かなしさ、それが無言のうちにわれわれの日常の底にひそむ歪み、ひずみを映し出す一つの鏡となり、われわれに共通する「正常」という名の一つの狂気への痛烈な批判となって、しかもそのりゅうのグロテスクさ、哀れさが、いくらつらくても「平和」の中で生きていくことの価値をわれわれに再発見させる力となり、勇気となってくれれば、と僕はねがったのです。

なんといっても僕の立場は、昭和三十七年という、戦時下とはまたちがったきびしさをもった時間の中にしかなく、また、それこそがわれわれ全部の「現在」であり、超えなければならぬ当面の問題として、その現在におけるドラマこそがわれわれの必要とするものなのですから。

少年を開拓部落民の子供にしたのも、戦争が終わってから、あらためて生き直さねばならなかった引揚者の両親によって、「戦後を生きること」のほうが、「戦時を生きること」より、はるかにつらく、苦労の多いものだということを示したかったからです。

くりかえしますと、僕は実在の劉連仁に即するより、劉のような存在を現在のわれわれがどう見るか、そのかかわりあい方にのみ、この素材を今日のドラマとして成立させる条件があると考え、そして「りゅうれんじん」の台本を書いたのです。だから、いうまでもなくこの作品は、便宜的に実在の人物の名やディテェルスを借用した一つのフィクションです。

もし、ご覧になった方に、平和というもののおそろしさを、――「平和」という表面の下にも、戦争へとつながるいっさいのものがひそみ、生き、動いている人間の生活というものの恐ろしさを——感じとっていただければ、僕には望外のよろこびです。

恋愛について

僕の考えでは、恋愛にはかならず終りがあります。「いつのまにかはじまり、いつのまにか終わっているもの、それが恋愛だ」と、古いあるフランス映画の中でもいっています。

こういういいかたは、恋愛について、ごくロマンティックな考えをお持ちの方のイメージをそこねるかもしれない。でも、むしろ、同様にそれをロマンティックなものと規定するからこそ、僕はそう思うのです。

「恋愛」と「愛」とはどう違うか。これはじつはひどく厄介な問題です。ほとんどの場合、雲と風のようにそれは混じりあっていて、区別のしようがない。が、あえて簡単に、この二つを純粋化して区別すれば、こうなります。……「恋愛」は、だれかとともに死ぬこと。「愛」は、だれかとともに生きること。

いささか放言じみていいます。でも、ロマンティックな感情の本質は、「時よとまれ、永遠に」と叫ぶことです。ある停止した瞬間を、永遠に生きようとすること、といってもいい。が、生きている人間にとり、時間の停止をねがうことは、実人生の外へ脱出したい、ということと同じだ。それは死ぬことです。

純粋な恋愛の完成は、だから、ある瞬間の相手との心中を完成させることになります。……しかし、あいにくと人間は生きています。ここに、恋愛の美しさとはかなさ、またその反社会性、そして、それが一つの花季のようなプロセスにすぎないという理由がある。

もちろん、だからといって僕は、恋愛を否定したり、軽蔑しようとは思いません。それは、どんな人間にも訪れ、その人間を豊かにする、痛苦とよろこびにみちた貴重な黄金の季節なのですから。

ただ、危険なのは、「恋愛」そのものに恋着するあまりに、ムリをしたり、ロマンティックな過去の停止した瞬間の残像ばかりを夢みていて、現実に生きている自分たちや、相手が他人であること、また、「恋愛」には終りがあるという事実などが、どつかへ行ってしまうことです。その状態が永遠につづくような気になったりする。そうなると、これはすでに生きている他人への恋愛ではない。一つの自分自身への偏執というべきです。

くりかえしますが、恋愛にはかならず終りがくる。問題は、その季節の別れ方です。もしそのとき、時間の経過により殺された「恋愛」が、逆に時間とともに深みと強さをもつ相手への「愛」に切り換わっている、と充分に自信がもてればいい。そしたらその人は、すでに恋愛という一つの季節を終え、愛を生きはじめているのだから。だが、もしその自信がもてなかったら。……そこでの優柔不断と臆病。自己放棄は、すべての悲劇の根になります。

恋愛をする勇気よりも、それがすでに恋愛ではなくなったときの賢さと勇気を、僕ははるかに重要なものだと考えています。そのとき、あなたに必要なものは、もはや本当の「愛」だけです。そして「愛」は我を忘れることではない。それは、だれかとともに、自分もまた生きることです。

日劇

――都会化のシンボル

ときどき日劇の裏を歩きながら、ふとその白い壁面にしみついた年月の汚れを見て、心の痛いような気のすることがある。かつては一時代を瞠目させた超モダンな建物、「陸の竜宮」の異名をとった豪華な一大アミューズメント・センターとしてのこの都心の王冠の年齢がふいに感じられて、しかも今日それがなお営々と活発な活動をつづけているのに、なんとなく、よくやってるなア、といった感慨が湧くのである。

「ベンガルの槍騎兵《そうきへい》」というのが僕の記憶にある最初の映画なのだが、僕は、これはたしか、ここで見たのである。それから地下のニュース劇場。僕はよくそこでポパイやミッキイ・マウスの漫画を見て、そのあと同じ地下の遊戯場で、パチンコに似た機械であそんだり、体重をはかったり、五銭玉を入れると出てくる自分と同じ月生れの偉い人のカードをあつめたりした。お前はノギ大将とおんなじだ、と父にいわれ、では自分も死ぬときはセップクをするんだろうかと思って、こわくてなかなか寝つけなかった記憶もある。

現在、東京は人口一千万をこす世界一のマンモス都市にふくれあがっている。したがって超大ビルや団地など、事務所や住居のマンモス化がおこなわれる。当然、娯楽場もマンモス化されずにはおかない……。僕には、昭和八年に竣工したこの日劇（当時の名称は日本映画劇場）こそ、その娯楽場のマンモス化のはしりだったように思える。そして、それは同時に、「東京」という古い、しかし巨大な村の、その都会化のシンボルででもあったのではないだろうか？

日劇といえば、映画と実演の劇場、と考える人が多いだろう。たしかに、春、夏、秋の踊りや、恒例のウエスタン・カーニバルや、人気歌手や人気俳優の「実演」で有名なその「日本劇場」をはじめ、海外でかえって名の売れているという五階の「日劇ミュージック・ホール」、その他アート・シアタとしての「日劇文化」「丸ノ内東京」の二地下劇場をふくめ、四つの劇場がある。が、「日劇」を構成するものはそれだけではない。碁会所、ビリアード、麻雀クラブ、著名なヌード喫茶、バー、そして無数の飲食店、美容院、香水店、これらのすべてがあの建物の中にぎっしりとつまり、舞台、映画の観客を呑吐するかたわら、多くのスキヤ橋人種の休憩時間をここで費消させているのである。

七月のはじめ、僕はぶらりとその日劇に出かけてみた。旅行から帰ってきたときなど、窓の外に日劇が見えると、まるで家族の顔を見たようにホッとするくせに、あるいは逆にその気やすさのおかげか、ここしばらくは「日本劇場」には足を向けなかった。

いつだったか、ウエスタン・カーニバルの最中だったと思うが、朝、裏口に二台の塵芥車《じんかいしや》が横づけにされ、山とつまれた色とりどりのテープが、その中にぎゅうぎゅうに押し込まれているのを見たことがある。いかにもナマグサい青春の費消するために費消したエネルギーの残骸、スターへの拍手の翌日の空しさを見た気がして、なんとなくその狂騒の実際にふれる期待があったのだが、その日のステージはひどく静かだった。——だが、舞台に見入るうちに、その印象が、かつての代々木明子の時代とひとつも変わっていないのにすこしびっくりした。すこしばかりバタくさく、すこしばかり野暮ったく、ちんまりとまとまった「ダイナミズム」、そのモダンめかした「都会的」な雰囲気。……これは、裏がえせば、ひどくお上りさん向けに料理された「都会」であり、その意味でたいへん日本という田舎を感じさせるものではないのか。

そのことは、階下のヌード喫茶に入ったとき、いよいよはっきりした。あらゆるカーヴを露骨したセミ・ヌードの女性たちが狭い店内にひしめき、レコードの音楽に合わせて、手を振り、尻をくねらせてそろって同一のフリで踊りながら、サーヴィスにつとめている。そして、お客はほとんどがビールを飲むアメリカ人らしい毛唐である。奴らは、とうてい本国では、こんなに安直に多数の女性からのサーヴィスなんて期待できっこないのである。しかも、すぐ近くの床屋から独得の匂いに混りあった、ムンムンする彼女たちの体臭のその息ぐるしさ。……かれらにいわせれば、日本という一地方以外に、こんな天国はあるまい。

ある地方出身の友人が、僕に、東京にきて、はじめて、「都会」というものを感じたのは日劇だった、と告白したことがある。僕は、すこし意外な気がした。尖端的な「都会」の雰囲気なら、劇場にしても他のものにしても、もっと別な場所があるように思えていた。

ところが友人は、いや、そんなに尖端的ではないからいいんだ、という。そんなところは俺にはまるで「外国」さ。その点、「日劇」は、とても気らくでとっつきやすい気がしたんだ。

だいいち、場所がいい。浅草や渋谷では、やはり都会の中心という感じがない。この奇抜な、特徴的な建物、その大掛りな感じは、人までは多少泥くさいのかもしれないけど、でも俺たちには適当にハイカラで、適当に瞠目的で、しかも親しみやすい。それにこの名前だ。なんていったって、「ニチゲキ」は地方の俺にとって、はるかな東京の華やかさの象徴だったんだからね。

そして舞台。外国の音楽や、日本の各地方の民謡などをバックに、くりひろげられるのは国籍不明の歌や踊りだ。この国籍不明さがいい。そこには本当の外国も、俺たちの住んでいた本当の田舎もない。俺たちにとって「都会」とは、故郷でも外国でもなく、その中間にただようふわふわとしたあるムード、そういうある洗練の感触なんだ。そういうものに取り巻かれただけで、俺なんかは、自分が都会化されたように思う。それに慣れそれに無感覚になることこそ、都会人になることなんだという気がする。

それで俺たちは、だんだん度胸をつけ、ミュージック・ホールに足をのばす。女ばかりの床屋に行き、一階の有名なトンカツ屋に行き、裏のソバ屋にも出入りする。玉を突き、いわゆるスキヤ橋人種のアナであるビアホールに行き、バーで顔になる。……つまり、一日も早く、さりげなくこの「日劇」のすべてに通暁し、何気なくひまをつぶしにそこの碁会所などでくつろげるようになりたい。そんな「都会人」になりたい一心で俺は日劇に通ったんだ。

とにかく日劇は、そんな目的のためにはいちばん入りやすい。そして、いちばん早く卒業しやすいように見えて、いちばん奥ふかい都会性をそなえているような気がする。……

本当の都会、本当の都会的洗練というものがどんなものか、俺は知らない。が、たしかに「日劇」には、いかにも都会らしい華やかさ、大掛りさ、けばけばしさ、エロティシズム、そして同時に、やはり、いかにも都会らしいせせこましさ、合理性、きびしさ、空しさ、といったものが詰まっていると思える。しかも、それにちゃんと日本的な性格を加えられて。……そしてこれは、じつは、当初の小林一三《いちぞう》氏の大衆的なアミューズメント・センターとしての「陸の竜宮」という着想の中に、すでに、すべて含まれていたのである。

映画や、雑誌のグラビアやらで「東京」が紹介されるとき、きまって日劇がそのシンボルに使われていた時代があった。どうやら、いまは東京タワーやヒルトン・ホテルがそれに代ったような形勢だが、それもきっとすぐ他のものにかわるだろう。

でも、いくら東京のシンボルがつぎつぎと変わっても、日劇というこのマンモス化のシンボル・東京の都会化のシンボルは、変わることがあるまい。

麻美子と恵子と桐子の青春

オフィス・ガールは職業名というより、女性のある状態の呼名でしょう。つまり、オフィスに通い、給料を得ている独身女性の総称、というわけです。（もちろん、これはガールが独身女性を意味すると限定した場合ですが）

だから一口にオフィス・ガールといっても、種々雑多な女性たちがその中には含まれます。特殊技能者も、ただの事務員も、受付嬢も秘書も、家計を助け、いや、支えている人も、その仕事に一生を賭けた人も、また、とにかく家でくすぶっていたくなくて、月給をもらいながら適当に青春を享楽し、ついでに見聞をひろめたいと思う人も、夫探しが目的の人も。……いうまでもなく、これらの理由のダブっている人だって多いでしょう。

この人たちが共通して何を考え、何を夢みているか。それは彼女たちがオフィス・ガールである理由が多種多様なのと同様、いちがいには何もいえません。――が、これだけはいえるでしょう。この状態は、ほとんどの場合その人の青春に重なっており、その季節の、たいへん貴重な社会訓練の場になっているのだ、ということです。オフィス・ガールを主人公とする小説は、したがって、つねに青春小説です。そしてその青春小説としての特徴は、主人公がかならず理解しがたいもの、わけのわからないものとしての「他人」に衝突し、他人たちの多種多様さを認識して行くというプロセスが共通していることです。単純な青春の謳歌や、一人きりの夢想の中では、事は終わりません。

いわば、青春につきものの主観性が、そこではきまって批判されています。

たとえば「悲しみと喜びがいっぱい」（源氏鶏太《けいた》）の麻美子は、明るくナイーブな女性ですが、その行動は、まだごく主観的なものから抜けきってはいません。彼女には、他人はすべて理解できない壁でしかない。だからそれにぶつかって行くことよりできない。……だが、彼女がその魅力を、真に自分のものにするのは、おそらく彼女が他人を「他人」として理解するときなのです。つまり自分の世界だけではなく他人のそれの存在を知って、そこに生まれる愛への努力を、あらためてはじめるときです。——作者は、将来の彼女のそういう成熟を予告して、この作品を終えています。

「愛とおそれと」(佐多稲子)の恵子の場合、義母を迎えた家庭内のもつれの中で、彼女がそのもつれた誠実につきあいつつ、なおかつどこへも流されずに自分の意思を貫けたのは、彼女がその間に、他人たちの存在に目をひらいたことのおかげだと思えます。

肉親といい、恋人といっても、自分と同じ人間なのではない。その意味でやはり「他人」の一人です。他人が自分の思いどおりにならないのは当然のこと、だからといって怒る人は、たいていは逆に自分をひどく他人の思いどおりにする性質の持主です。こういう人は、たぶんまだ「他人」も自分の本当の「希望」もはっきりと発見してはいません。

恵子は、家族や恋人との軋轢《あつれき》の中に、しだいに「他人」にめざめ、「自分」を発見して行きます。他人を知ることは自分を知ることでもあり、その上での他人への心づかいこそ、自分を大切にし、自分自身の生きぬく力なのです。……彼女の賢さ、やさしさ、そして勇気は、他人を「他人」として尊重する謙虚さに支えられていたからこそ、結局は彼女に家族間のもつれを、救わせ、同時に彼女自身をも救わせるのです。

他人をはっきりと「他人」だと認識する。——一見きびしい言葉みたいですが、しかしそのへんの認識の曖昧さは、往々にして自分自身までを曖昧に見失わせるようです。

そうなると、他人がどうにもならぬように、自分までが、自分にもどうにもならぬ存在になってしまう。

「巷《ちまた》のあんばい」（丸川賀世子《かよこ》）の桐子は、どうやらその例の一つらしい。彼女が秋六という男との関係を断ち切らないのは、いわゆる三十女の退屈や、彼に手なずけられた性の欲求からばかりとは思えません。根本的には、桐子が秋六につねに何かの幻影を見ているからだし、その幻影を愛しているからです。

その幻影は彼女のもの、彼女に属したものです。当然、秋六はそれを裏切ります。秋六は秋六なのですから。

幻影を愛すること――それは、人間である以上、ある程度は避けられないことです。心理学的にいっても、愛は他人の中に自分が位置を占めているという感覚であり、つまり錯覚、あるいは幻影と評されても仕方がないものの上に成り立っている連繫《れんけい》の感情です。

しかし、この桐子のように、秋六その人に愛をもたず、彼をただ自分にさまざまな幻影を抱かせる材料としてのみ扱い、所詮は自分だけに属しているその幻影しか愛してはいないみたいなのは、これは一つの「不幸」でしょう。

何故なら、それは生きている他人そのものを愛し得ない臆病、一つの怠惰であり、そんな無気力なナルシスムの中にしか生きてはいないことの、結果なのですから。——

西洋の格言に、愚かしさが不幸を生むのではない、不幸が愚かしさを生むのだという言葉があります。このような女性が少なくないと思えるだけに、ちょっと考えてみていい言葉ではないでしょうか？

一般的にいって、僕は結婚前の女性が、とにもかくにも家庭や学校から一歩外へ出、ひろく社会の風にあたり、そこに犇《ひし》めく他人たちにもまれる経験をもつことに賛成です。たとえそれが「腰かけ」であろうとなかろうと、その状態は、人間が、一個の独立した人間、社会人になるための、ひどく手っとり早い、有意義な期間でもあるからです。

べつに、男というものとか、男にとっての仕事というものを理解してくれるから、といいたいのではありません。簡単にいえば、この状態は「他人」の存在に目ざめる近道です。……少女時代の主観的な夢想の限界や、一人よがりな判断の甘さを、その経験は手きびしく教えてくれるでしょう。

オフィス生活は、たしかに他人たちによるそんなショックの連続です。疲れさせられます。「他人」の発見は、その人間の意外さ、奇怪さ、醜悪さを知ることだし、相手と自分との断層に不気味な恐怖をおぼえることでもある。また、そんな他人たちとの交渉は、わずらわしく、おそろしいことでもある。

しかし、考えてみてください。そのあなただって、相手から見れば同じ恐怖であり、奇怪な存在にちがいないのだ。ショックに負けてしまうのは弱虫です。さらにいえば、そうしたショックの中で独立した一人前の人格をつくりあげていくことこそ、青春という季節の仕事なのです。

人間は、一人きりでは生きて行くことができない。「他人」の発見は、あなたに「自分」を発見させるでしょう。他人への恐怖のあまり、歪んだ「不幸」の中に閉じこもろうとするのも、勇気をもってその他人たちとともに生きていこうとするのも、すべてはそのときのあなたの選択です。オフィス・ガールとしての生活を有意義にするのもしないのも、いっさいはあなたしだいなのです。

どうせ、いずれは人間は「他人」を発見せねばならない。その近道を歩むことを、プラスにするか、マイナスにするかは、それこそ他人の知ったことではない。オフィス生活を、他の人間たちといっしょに生き、生きている他の人間を愛する勇気、気力をすりへらす場所にするか。また本当の、地に足のついたその勇気、気力をあたえてくれる場所にするか。――すべては、あなたの責任です。

くりかえしますが、オフィス・ガールはただの状態の外括的な呼名でしかない。その実質は個々の青春です。オフィス・ガールとしてどう生きるかとは、じつはその人が、その人の青春をどのようにして越え、どのような自分をつくるか、という誰しもが経験しなければならない過程の一つなのです。

海を見る

久し振りに湘南の海岸の家に帰ってきた。ここ数年、いろいろな事情で東京で暮すことが多かったが、これからはしばらくここに腰を据えるつもりでいる。

この家は亡父が疎開のために建てた。そろそろ家の年齢も満で二十になる。父は日本画家で、その父がわざわざ民家ふうのつくりにしようと凝り、やはり数寄屋《すきや》造りで名高い吉田五十八《いそや》氏と相談して建てたのだから、もともと、なんとなく古めかしく鄙《ひな》びた一風かわった隠居所とでもいった感じがある。

その上、まともに潮風を受けるためか、外まわりの白い漆喰《しっくい》もすぐに剝落《はくらく》して板羽目《いたばめ》に変り、雨戸や壁も年月のあとを語る応急処理のあとばかりで、破風《はふ》の一部などは腐って欠落している。——じつは、この五月に結婚をし、他に適当な新居をもつ余裕がないのでこの家に帰ってきたわけなのだが、どうも、いわゆる「新居」という趣きには、ひどく遠い。

でも、僕はこの家が気に入っている。妻も、当世風の住居とのあまりの差異がかえって物珍らしいようで、けっこう気に入ってくれているらしいから、たいへん都合がいい。

海が近いのは、ことに夏には最大の取柄だろう。水着のまま、走って海に行ける。朝と夕方には浜で地引網をしている。ちょっと手つだうとその日の副食には充分すぎるほどの新鮮な魚をただで貰えるし、いくら日射しが強烈でも、家の中はしじゅう冷たく甘い潮風が駈け抜けているのだから、まるでキャンプかバンガローの生活のようなものだ。そして、この町は冬は暖かい。東京より平均温度が二度高いという。だから町には高齢者が多く、この町には〝長寿の里〟の異名もある。

だが、僕が気に入っているのは、べつにそういう実際面や、ここで父を亡くしたり米軍機の機銃掃射を受けたり（その弾丸の一つは、いまだに家の大黒柱に刺さっている）、少年から青年への時期の大部分を過したことなどの、センチメンタル・ヴァリユウからだけではない。……最大の理由は、ここは、僕がいつも海をごく身近かに感じていることができるからだ。

この家では、海はつねに人間の目の高さの一枚の壁となって聳《そび》えている。そして、四季に応じ、天候に応じ、太陽や月の移動につれ、刻々と海肌を変化させて、それはいつも動き、波音をとどろかせつづけている。よく見、よく聞いていると、それはけっして単調ではない。つねに不測の変化、激動をはらみ、一匹の厖大《ぼうだい》な原始時代からの怪獣のように、いつ荒れ狂い、発作的に地上のあらゆる生命を嚥《の》みこもうと襲いかかってくるかわからない危険と恐怖とを、その絶え間なく果てしのない、運動とざわめきのくりかえしの奥にかくしている。

しかし、海は美しい。やさしく、ゆたかで、ときにはエロティックな魅力さえたたえて僕らを待っていたりもする。――幼い頃から海に親しんできたせいだろうか。僕には、そういう美しく、しかも恐怖を秘めた海をみつめながらぼんやりと時を過すのが、昔からの休息というのか、心の安定というのか、とにかく「一人きりの自分」を回復するための、生理的な必要だったと思える。……東京にいるとき、だから僕は、ときどきたまらなくなり、近くの公園の池に駈けつけてその感覚への渇きをいやした。たとえ薄汚なく濁った水、一瞥してその限界が見えてしまうわずかな池の平面でも、その水のひろがりを眺めて僕は海を見ることの代りにした。僕は、しばらく水の面に目を落して放心をつづけるうち、ふしぎに心がしずかになり、同時に、洗われるようにやがて自分の中の何かが新しい力となり、回復してくるのがわかった。

僕の作品には、海の出てくる例が多い。だが、何故かその海には、きまって「死」のイメージがつきまとっている。……あるいは、「死」を「生」に転化する触媒のようなものとしての、海の意識が。

フランスや日本の詩人たちのうたったように、僕は「海」の中に「母」を見てはいない。母は人間がそこから出てくる場所、人間の生誕の場であり、故郷だろう。が、僕は海に、人間を「人間」でなくしてしまう場所を見ている。海は、僕にとって、こちらのいい気な感傷を手ひどくはねかえす、きびしい現実の壁の一つであり、そういう一つのつねに動きつづけている絶対、もっとも手軽に眺められ、感じとることができる「自然」とか「永遠」という名の、人間たちの敵でしかないのだ、と思う。

おそらく、僕はその海に「一人きりの自分」になりに出かけて行く。海をみつめることは、それを確かめようとする行為なのだ。——が、やがて僕は気がつく。「一人きりの自分」などはどこにも実在せず、生きているかぎり人間は、生きている他者たちとの関係の中にしか存在してはいないことに。「一人きりの自分」は、じつは息抜きのような感傷的な夢想であり、幻影であり、そういうイメージに憩っている自分は、つまりすでに海の底にのみこまれた一個の屍体《したい》にすぎないこと、そして、そのときその自分は、いわば、休息というかたちでの一つの停止の中にしかいないことに。……だから、生きているかぎり、僕はきびしく海から拒まれ、突き放され、「海」と対立せざるをえない。僕は、自分が生きている一人の人間であるが故に、その確認だけを得て、海に背中を向ける。僕の生活の中にかえってくる。「休息」は生活の中にあるので、休息の中に「生活」があるのではないのだから。

いまも僕の目の前には海の壁が聳えている。この海の中には、おそらく、無数のそんな僕の屍体がころげている。

抒情とは、ないものを想うことだ、と誰かもいった。とすると僕は海にその「抒情」によって近づき、同じその抒情の力で現実に突きもどされるのかもしれない。でも、その往復運動の中にこそ、僕は生きている自分、一人の人間である自分を、確認し、証拠だてることができるのかもしれない。――

とにかく、僕は海岸のこの町に帰ってきた。あらためて決意するほどのことは何もないが、すくなくとも「海」はふんだんに眺められる。好きなだけ海を見よう。そして、「海」からの追放をその度ごとに厚く、重く身につけて自分に帰ってこよう。

山を見る

——ある心象風景として

一昨年の夏、私は札幌から、一人で洞爺《とうや》温泉行きのバスに乗った。べつになんの目的もなかった。せっかくここまで来たのだからと、札幌にいた義兄にすすめられて、なんとなく足をのばしてみたのである。

私にとって旅のたのしさとは、無籍者の気らくさを味わうことに似ている。無籍者——それは、戸籍のない人間、年齢も名前もない人間、社会のなかに彼自身の場所をもたない人間である。サルトルによると、そういう人間の『自由』は、『いささか死に似ている』ということになるわけだが、でも、そのときの私は正確にその『自由』を欲していた。ちょうど新安保問題でさわがしかった夏で、私は人間たち——というより、政治のなかの自分に、悪酔いをしたような気分だった。私は、場所をもたない存在になりたかった。私が東京をたったのは、六月の終わりである。

案内嬢の説明を聞きながら、私は中山峠を越えて行く数時間のバスの中を、すこしも退屈せずにすごした。ときどき、豊かな青葉をつけた小枝がバスの窓をたたき、道の両側の丘の起伏は、いく種類もの豆らしいさまざまな色の緑になり、やがて正面に洞爺湖の紺碧《こんぺき》の湖面が見えはじめた。私はあきれて声をあげた。湖の中央にはマリモのような緑色の中島が浮かんでいる。それは、まるで絵葉書そのままの端麗な景色だった。

ふと、湖の対岸に、奇怪な黄土色の山があるのが目にはいった。あたりの静穏な、緑の美しいなごやかに均整のとれた風景のなかに、そのゴツゴツした乾いた不恰好なハゲ山は、いかにも不調で、異様だった。そのハゲ山は、それだけが異質なのだ。気をとられて、私はそのハゲ山をみつめた。

私は、それが昭和新山であり、昭和二十年ごろ突然畑地から隆起して生成した小さな火口丘であるのを、はじめて案内嬢の声で知った。……そのとき、一瞬のうちに私のなかからなにかがのび、その山にカギをかけたように、私と山とを結びつけた。いわば、その山は私のなかに場所をもってしまったのだ。私は、それをはっきりと感じとった。

それは、いかにも突然の衝撃であり、ふしぎな感動だった、と思う。私はいま、この奇妙な体験、私の経験したこの事実につき、これ以上書く余裕がない。が、とにかく私はそのとき、自分はいまなにかを見たのであり、このことはいまに自分にとり、ひどく重要な意味をもつことになろう、と直感した。この体験を、私は自分のなかに刻みこんだ。

帰京してからも、私はたびたびこの『意味』を思ってみた。が、よくわからなかった。他人には、こういう作業はコッケイとしか思われないことだろうが、それが私のなかで、次第に形をととのえはじめたのは、まる一年以上もたってからである。私は、あの奇怪な山の出現が、あたりのすべての風景を変え、風景の中心となって、周囲のあらゆる人間たちや風物の関係に、影響をあたえはじめるということを思った。つまり、山は出現と同時に『場所』をもってしまったのであり、それはある特定の『関係』のなかに生まれ出たことと同じなので、人間もまたこのようにしか存在することはできないのだ、という考えに私をさそった。そして、そのようなあの体験への理解の模索が、いつのまにか私のなかに一つのストーリィを織りはじめているのに気づくことになった。私は、すると今度は矢もタテもたまらず冬のあのハゲ山――昭和新山を見たくてたまらなくなりはじめた。

この二月、私はやっとその目的を達した。伊達町から壮瞥《そうべつ》へ出たのである。ご承知のようにその道は新山の南麓に接している。ちょうど日没の時刻だったが、私は思いを達したような気持ちで、雪の道からしばらくその奇怪な岩山を見上げていた。雪の斜面がほんのり紅をはいたように染まっていて、それは山はだの代赭色《たいしやいろ》のせいかと考えたが、あるいは夕ばえが風景ぜんたいを淡く染めていたのだったかもしれない。一羽の鳥の姿もなく、降りしきる雪は斜面の渓の葉脈のような刻みを次第にあらわにして、そこに影が走り、影が色を濃くして行く。やせた牛がふせたような山容には、一つの音もなかった。かすかなモヤのような煙が、雪の降る夕空の中に、ときどき山頂をぼやけさせながら吸われていた。

予定した壮瞥の宿へと向かう道で、私は一つの重苦しい沈黙、一つの凝縮した死の空白のようなものが、自分の中に一つの不動の実在となって凝固して行くのを感じた。それが私にとってのその『山』なのであり、『山』が私の中に占めている場所かもしれなかった。

私はいま、この『山』を書きたい、という欲求にとりつかれている。だが、もちろん私は北海道は知らないし、知らない土地を舞台装置として（それがいくら観光的価値があったにせよ）利用するつもりもない。私に関心があるのは、たまたま昭和新山によって発見した私の中の『山』であるのにすぎない。

それがどういう作品になるのか、また、結局は作品という形をとらずに終わるか、すべては私が私の籍を回復してからの話である。宿の窓から毎日昭和新山をながめながら、そんなことを思っている。いずれにせよ、明日はあの山に登ってみるつもりである。

「ザ・タリスマン」白書

私にとって、短篇の一つが『ライフ』に掲載されたことは、まったくの降って湧いたような（といったら、フットわいたような、とある雑誌に書かれて苦笑しました）ボーナスでした。

掲載の経緯は、イギリスの作家、アーサー・ケストラー氏が、同じ『ライフ』の日本特集号のためのエッセイの取材に来日された際、どなたかから聞かれた私の短篇に興味をもたれ、その英訳を読みたい、そしてできたら日本特集号に掲載するよう推薦したい、と日本のタイム・ライフ支社を通じ、申し込まれたことからはじまります。

最初の照会では、「ザ・レッド・ノートブック」という作品だが、ということで、私は、それならやはり短篇の「赤い手帖」ではないかと答えましたが、内容を聞くと、「お守り」という作品でした。……

いまだに、どなたがケストラー氏にこれらの私の短篇を教えて下さったのかはわかりません。が、すくなくとも氏にこの二つの短篇をあげて下さった方がいられることはたしかで、その方には心から感謝しています。やはり作者としては、たいへんに嬉しいことですから。

でも、ちょうど帰朝した友人に、だからあなたは文学青年だといわれましたが、仏文出の私には、『ル・タン・モデルン』とか『N・R・F』あたりから何かいわれたのならショックだろうけど、『ライフ』からではどうもピンとこなかった、というのが本音です。私は、たとえばヘミングウェイが『老人と海』を載せたのがその雑誌であるくらいの知識はありましたが、正直な話、『ライフ』は、『アサヒグラフ』か『毎日グラフ』のような種類の雑誌だと考えていたのでした。——つまり、それはグラフ雑誌であり、もしそれが、立ち並ぶマンモス団地の写真と同じ、風俗の紹介という面でだけ取り上げられるのだったら、不愉快だと思いました。

これは、生意気かもしれませんが、やはり私なりのプライドの問題です。で、タイム・ライフ社の東京支社に呼ばれたとき、そのことを最初に訊き、簡単な紹介だったり、抄訳や部分訳だったりするのならば、辞退したいことを申しました。それが、一つの文学作品として扱われる場合、——あくまでも文学作品として英文化された全訳でないときには、拒否したい、と告げたわけです。

幸い、支社の方たちはたいへん好意的で、私の意志にそうことを確約してくれました。だが、はじめの全訳は、気に入りませんでした。たしか日本人の妻をもつ米国人の方の訳でしたが、小説の翻訳には慣れない方らしく、冗漫で、私がテーマを生かすために用いた効果、文章上の配慮が、まるで無視されているように思え、不満でした。

私がそのことをいうと、とたんに支社長のシェクター氏が、日本語で同感を示されたのには、すくなからず私は驚きました。それまで日本語が通じないような顔をしながら、じつは氏は、私の文章とその翻訳のニュアンスの差異を明瞭に認められるほどの日本語への理解をもっていられたのでした。氏は、だが時間の余裕と適当な人がみつからなかったからこうなったが、一応、本社にこのような筋書だと知らせるためにこれを送らせてくれ、といわれました。

すぐ本社から返事がきて、タイム・ライフ東京支社と私との話し合いでサイデンステッカー氏に全訳を依頼し、「ザ・タリスマン」という題名でそれが掲載されることになったのはその直後ですが、やはり『ライフ』の日本特集号を見ると、私の短篇は、現在の日本についての風俗紹介の意味も兼ねています。が、それは仕方がないことだし、ある意味では小説のもつ当然の宿命です。

私は、ただそれだけの意味で見られるのには抵抗を感じますが、全文の、しかもすぐれた翻訳がそこに載っている以上、私の主張は容れられたわけで、私にはなんの不満もありません。あとは作品――私と、サイデンステッカー氏の共作ともいうべき――が、風俗の紹介以外の、何を、どこまでどう語っているか、というその出来の問題でしょう。

以上が私の短篇が『ライフ』に載った顚末《てんまつ》です。稿料については、私は転載だから多くは望んではいないが、ただ、あまりにチープに扱われることは、やはり一小説家としてのプライドに関係するから、その点だけを考慮してほしい、と希望しました。誰かに、「お前、家が五軒ほど建つ金が入るよ」といわれ、それまで、まあ一〇〇ドルくれればいいほうだろう、と考えていた私は、いやというほど自分の凡人のあさましさを味わわされ、同じそのあさましさから、ついにはその人を大いに憎み怨むようにさえなりましたが、やっぱり「五軒の犬小舎」程度の額に終りました。

が、私たちの職業にはボーナスがないので、ことにこの五月に結婚したばかりの私たちはたいへん助かりました。まったく予期しなかった金ですから、「ボーナス」と呼ぶのは不適当かもしれませんが、やはりそれがなかったらちょっとやって行きにくい、という点ではたしかに「ボーナス」です。

先輩の作家のE氏が、正確な額を知っているくせに、「おい、山川のやつ、五百万円もらったってよ」といいふらしているそうです。もっとも、ご自分でそうおっしゃっているのだから、それもきっとホラだとはすぐわかりますが。……まったく、E氏のホラフキぶりには、呆れさせられます。

半年の後……

東京をはなれ、海岸のもとの疎開先で暮しはじめてから、やがて半年がたつ。

庭の一隅で、いつのまにか大きく生い茂ってきた萩も、点々と小さな白い花をつけ、それが朝露に宝石を並べたように美しく輝いていたのがまだ昨日のことのように思えるのに、いまはその花もみんな散った。最初、あまりに鮮かな藍の色に妻が声をあげた正面に見える海も、もう、白じらとした冬の光さえ浮かべている。

その間、僕はせいぜい週に一度ぐらいしか上京せずにすごした。時間にして約一時間半ほどの距離でしかないが、ちょうど夏には最適の海岸にいたわけだし、水不足の、サバクの、といわれる炎暑の東京には、行ってもたいていはトンボ返りをくりかえしていたのである。

僕は東京で生まれ、育った。だからその街が始終変貌し、成長をつづけているのは知っていたし、そのことにもまるでそれが僕の生活の一部分のように、格別の意識をもたなかった。――が、その間の変り方は、おそらくはオリンピックのせいもあって、終戦の前後のそれに次いで激しかったのではないだろうか。十月のはじめ、北海道から、僕が昭和新山のことを調べに行ったときお世話になったS氏のお嬢さんが高校の修学旅行で見えたのだが、その案内に上京して、僕はまったく当惑した。僕は「いま」の東京について、ほとんどなにも知らないのだった。

ひどく平凡な感想ながら、僕は、はじめて本州の土地を踏んだというS氏のお嬢さんのほうが、自分よりもよっぽど「東京」には精《くわ》しく、確実にそれを知っている気がしてならなかった。彼女たちは代々木の選手村も、地下鉄の銀座綜合《そうごう》駅もちゃんと見てきていて、明日はモノレールで羽田空港を見学に行くのだという。ところが、案内役の僕のほうは、選手村もモノレールの実物も見たことがなく、地下鉄の綜合駅にしても一度だけ通り抜けた程度なのだ。もちろん高速道路がどのくらい完成しているのか、地下鉄が現在どこまで開通しているのかも知らない。

……べつに、それを恥ずかしいとも、悲しいとも思ったのではない。だが、僕にはやはりそれは一つのショックだった。僕は「東京」が、すでに自分とは距離をもったなにかになってしまったのを、否応のない事実として感じたのだ。どうやら、もはやそれは僕の外にあるなにかなのだ。

帰途の湘南電車の中で、僕は、東京って、なんだろう、と考えた。それはたぶん、僕の生まれた場所、育った過去を、振りかえったことだけではなかった。それまで無意識のうちに僕の中にあった価値や基準、生活の感覚を、もう一度眺め直すことでもあったらしい。

なるほど、本別町《ほんべつちょう》の高校生である彼女たちは、巨大で豪華なデパートや書店で感嘆の声をあげた。音楽喫茶でテレビでだけ親しかった歌手の実演を見て、いささか上気したみたいな、幻滅したみたいな表情をうかべた。菓子屋のウインドーで、「わあ、シュークリーム！」と叫びもした。……が、それはつまり彼女たちの夢の「実物」であり、彼女たちはたしかにそれを見たのだ。一方、僕のほうは、同じ東京に、厖大な熱気と活気の塊《かたま》り、せわしなく殺気だったエネルギーの犇《ひしめ》き、いわば、四方八方から圧迫してくる喧噪にみちた巨大な「悪夢」に似たものを、そこに見ていたのにすぎない。

僕は、約一年前、あるアメリカ人の友人に、「東京はマンモス精神病院です」といわれたのを思い出した。そのころ、だが僕はその中にいたのだった。外側からのその種の批判に、いや、あなたにはわからない、といえるだけのものを、——そう、いわばその内側にいる者だけが実感できる生活の感覚と、その自恃さえ身にそなえていたと思う。冷笑的に、だから僕はこう答えることもできた。「たしかにあなたの目にはこの都会はクレイジイであり、狂人の集りに見えるかもしれない。だが、それにはそれなりの理由があり、生活者としての価値基準も、一種快いルールも人間関係もある。あなたにとっていくら僕らが狂人でも、僕らはそれぞれそれなりに切実な必然性や問題をかかえながら、やはりまっとうに生きているつもりなのです」……しかし、もう自分はこう答えることはできない、と僕は思った。すでに、僕はそういう人種から、他人になりかかっている。いま僕は、あの街を「マンモス精神病院」と呼ぶ種類の人間に、変りかかっている。——

誤解されるかもしれないが、僕にはそれまでは生活についての感覚(曖昧なようないい方だが、字義通りにとっていただきたい)とか、いっさいの価値基準はただ一つしかなく、それが「東京」のそれだと自分が信じこんでいた、という気がしてきたのだった。マスコミも、ジャーナリズムも、芸術も娯楽も、じつはすべて「東京」に向かい、「東京」での価値や基準をただ一つのそれとして動いている。つまり、意識・無意識にかかわらず、東京がイコール中央であり、その中央での評価を暗黙のうちに絶対視しかけてしまっている。まるで、それがただ一つの基準であり、目安であるみたいに。

だが、事実は「常識」が各家庭で異なっているみたいに、生活の感覚も、また、あらゆるものの価値も基準も無数にあり、そのすべてが「東京」のそれで支えられたり判断されているのではない。……当然のこと、とひとはいうかもしれない。あるいは、でも実際にあらゆるものの評価基準は「東京」でのそれによって力をもつ、と反論されるかもしれない。が、実状は「東京」は一つの見本市みたいに非個性的な、さまざまの文化を吸収併呑し、同時にそのすべてを見本化して流れて行く街なのであって、そこには、それこそ「クレイジイ」なお先ばしりした基準、なんの実体もない代りに、なんとなくそれが絶対の基準に見えるような、そんな一つの「悪夢」に似た力の城の幻影しかないのではないだろうか？　たとえ、それが「マスコミ」という名の一つの現実であるにしても。

いくら活気や熱気にみちていたところで、そこに生きている人間が誠実な生活者だとはいえない。まして尖端的であるともいえない。それらは、おそらくそれぞれの人間の、ごく個人的な充実の問題でしかなかろう。

だが、これらもまた、「東京」から身を離しかかった東京人としての僕の、ごく個人的な感想にすぎないのかもしれない。

早いものだ、と思う。——夏を迎え、日ごとに目に見えて大きくなるのに驚いた朴の木の葉も、いまはほとんど枯れて落ちて、冬の風に乾いた音をたてて庭を動いている。その間に、僕はこの海岸から、ときどき「東京」を見物しに行く日常しか送れないようになった。どうやら、その僕には「東京」にたいして、まるで狂人につきあうみたいな興味と気の重たさが生まれはじめているのである。

わがままな由来
——ペンネーム誕生記

作品をはじめて活字にしたのは大学の三年生のときだったと思う。そのときから、このペン・ネームを使っている。べつに正体をかくす必要もなかったので、その点、たいへんわがまま至極な理由しかない。

まず、字画が少いこと。本名の嘉巳《よしみ》は、習字のたびに名前を書くのに往生した。だいたい、あとの三字はかえって恰好がつかないほどサッパリしているのに、「嘉」という字だけで、二字から三字分の面積をとってしまう。それに書くのにも面倒くさい。

次に友人たちがなかなかヨシミとは読めず、仕方なく発音するたびに、それがまるで女名前のように聞こえ面白くなかったこと。——でも、この点では失敗した。方夫も、なかなかマサオとは読んでくれず(正確には「方」にはマサという名乗りがないらしく、文句はいえないが)、ある人は「カタオってヘンな名前ね」といったし、あるとき喫茶店で、うしろに坐っていた学生たちが、「ヤマカワ・ホープが」といっているのを聞いて、いやな気持ちがした。「……会社のホープだよ、とかなんとかオダテられて、しまいにゃクビよ」という歌を思い出したのである。

「方」という字を選んだのは、姉妹のいた学校にナントカ方子さんという美人がいて、その人から取ったのだ、という説をなす人がいるが、これは事実無根である。（その女性には逢ったことすらない。）……結局、これはこの字感が好きだったからだが、亡父（日本画家）が、はじめて池上秀畝《いけがみしゅうほ》先生の塾で秀峰という号をいただいたため、のちに師事した鏑木清方《かぶらききよかた》先生からお名前をいただけなかった、と残念がっていたことが大きい。そこで息子が無断で一字を頂戴した。この機会に、先生に「無断」の罪をお詫びしたい。

新橋の酒場「波留」に毎日通っていた。べつに酒のせいでも、お目あての女性がいたせいでもない。じつはその酒場の経営者兼バーテンが田久保英夫で、そのころ僕たちは桂芳久と三人で『三田文学』の編集担当をしていたから、毎日、僕はそこに連絡をしに寄っていたのである。

が、やはり行けば「そこに酒があるから」飲む。飲むとあとを引く。「波留」の女性たちは美人ぞろいで有名だったし、狭さも申し分なく、だいいち主人の仲間で金はあるとき払いで結構ときているから、居心地は最高だった。田久保作のカクテル・ハル(これはいまだに成分を公表しない)のお代りをしながら、結局は売上げをわしづかみにしたバーテン氏とつれだち、深夜の街を他の店に出かける羽目になった。……きりもなく思い出が湧いてくるが、ただ一つ、気がついたらある銀行の看板も家に持って帰っていたのだけはいまだに気が咎《とが》めている。

一通行者の感慨

銀座を歩くたびに、みゆき族と呼ばれている連中を見かける。好意をもてる相手ではないが、べつに顰蹙《ひんしゆく》する気分にもなれない。いまの僕は、ああ、いるな、と思うだけで、ただの通行人として通り過ぎて、立ち止るわけでもない。

とにかく、あんな風態をしてウロウロすることで世の中がたのしければ、結構な話ではないか。この世の中に、そんなに安直に愉しみを手に入れられる連中が現実にいるということ自体、なんとなくたのしい話である。

——もっとも、逆の考えをもつ人もいるだろうが、僕はそうは見ない。それは事大主義というものだ、と思う。

ただし、かれらのいい気持ち（でなければさっさとやめればいいのだから、きっとあれでいい気持ちなのだろう）を支えているのは、そこがギンザである、という意識でありその事実だろう。いくら、一つの流行を創始するのだと気取ったり、けっこうしゃれている風態のつもりだったりしたところで、場所が田舎だったら嗤い去られるだけのことであってとうてい週刊誌の話題にはならない。

でも、その点、かれらこそが、もっともギンザを愛し、切実にその特殊性を主張し、必要とし、もっともそこがギンザであることに、酔いしれている連中だといえるかもしれない。その、ティピカルな例かもしれない。


大学を出てすぐ、僕はほぼ五年間「三田文学」の編集をしていた。編集部ははじめは六丁目の交詢社《こうじゅんしゃ》ビル、それから八丁目の日本鉱業会館。両方とも西銀座の目抜きの場所にあって、その間、だから僕はほとんど毎日のように、銀座のそのはなやかさの中に、「出勤」していた、ともいえる。場所が場所だけに、寄り道をせずに帰ることはムリな話だった。お金もないのに、と不思議がられるのはもっともだが、そこはたぶん、いまのみゆき族の諸氏諸嬢と同じことで、僕も、「なんとなくなんとかなってしまう」季節にいたのだろう。

もともと子供の頃、もっぱら日劇の地下（そこにあったのは、漫画映画の劇場だけではない）や帝国ホテルのグリルに通うのをたのしみにしていた僕の、ギンザへの親愛は深い。学校が三田だったせいもあって、「オアシス・オブ・ギンザ」以来終戦後の銀座は、あらためて僕には昵懇《じっこん》の街になった。

露天市、安もののコーヒーから、しょっちゅう停電をし、卓にはローソクを立てていた喫茶店。「トア・エ・モア」や「イクス」、バー「ドミノ」などに足しげく通っていた、その頃の思い出はつきない。そして、服部の時計の音は、夜中から朝早くにかけてしか鳴らないのと、確信していた松屋の裏に住んでいた女性。深夜になると毎夜きまって姿をあらわし七丁目のビルの影で、何時間かじっと立ちつづけていた紳士(僕たちは、彼はきっとなにかを見張っているのだ、と噂していた)。大雪の朝、日劇の前のひろい電車通りを、降りつもった深い処女雪に僕たちだけの足跡をつけて、ハイヒールの女性といっしょに渡ったこと……。

それからすぐ、「三田文学」の五年間がつづく。編集部は、つまり他の事務所である部屋に机一つを置いた居候でしかなかったから、客がくると外に出ざるをえない。客は変るがこちらは一人であり、何回も同じ喫茶店に行くのもつまらなくて、気分を変えに違う店をさがす。おかげで、ふたたび休刊の羽目にたちいたった頃には、新しい店の出現に気づきドアを押すとまだ営業をはじめていないといって断られて、僕は、自分が西銀座の一丁目から八丁目までのすべての喫茶店への歴訪を終えていたのを知ったりした。

あの頃、いわば僕はギンザでの生活を、いちばんたのしんでいたのだった、という気がする……。夜は夜で、友人の酒場を足場に、銀座中をぐるぐると歩きまわった。同じ編集仲間のTと背の高いチュールの美女を尾けて、クラブ「S」の女性だった彼女に、逆に彼女の姉がやっているという料理店に招待され、二人で夕食をご馳走になったこともあった。彼女は、「たか子さん」という名前だった。

だが、その間、僕たち――すくなくとも僕は、いわば、ギンザという街の諸相をたのしんでいたのにすぎなかった、と思う。もし、その街がギンザでなかったなら、けっして僕はそこにいる自分を、そしてその経験のすべてを、あれほどたのしくは味わえなかっただろう……。もちろん「若さ」のせいもあっただろう。が、銀座には、そういう、人びとの脚をたのしく宙に浮かせてしまう、不思議な魔力がある。人びとをそういう若さへと誘う、不思議な力がある。

結局、僕が「ギンザ」と別れたのは、その五年間の「三田文学」の編集を終えたときだったかもしれない。しばらくして銀座に出たとき、僕はすでにそこが他人たちの街でしかないのを痛感した。ギンザは消え、「銀座」という名の繁華街だけがそこにあった。以来、今日までそれは同じである。

……いま、僕がみゆき族の諸氏諸嬢を頭から軽蔑したり嘲笑できないのも、自分のこの「身におぼえのある」感情のせいだろうか。羨望もできないかわりに、あわれにも感じられない。——だが、僕があの「三田文学」の五年間を終えて、そろそろ十年に近い。みゆき族の連中は、十年後、自分たちをどう思い返すことだろうか?

銀座という街の不思議は、いずれにせよ、その頃もまたかれらのような連中を生み出している。かれらはきっとただの通行人の一人として、その横を通り過ぎて行くのである。

私の良妻論

父が早く死んだので、私は、祖父の他は女性たちばかりの家庭で育ちました。姉が二人、妹が二人。私はその真ん中に、さながらサンドイッチのハムのごとくに挟まれ、少年期から青年期の大部分を送らせられたわけです。

この環境が、私の女性観に多大の影響をあたえたのは疑えません。たぶん、私は自分の「女性」への夢想に、いつも肩すかしばかり味わわされ、その結果、最初はけんめいに「女性」にダマされないような自分に、自分を躾《しつ》けてしまったのだと思います。……たとえば、女性が一人で物思いにふけったりしているとき、男性はともすればロマンティックに、神秘的に、まるで天使の内面をあれこれと想うように、いったいなにを考えているのだろう、とさまざまな美しく甘い臆測をそこに眺め、自分からすすんでその幻影に酔わされてしまいがちなのですが、――じつはそういう夢想癖が私にも多分にあり、そのため反動的にいささかシニックになっていたのかもしれませんが――私は、どうせ彼女はお金の暗算をしているか、便秘や明日の服や美容上の心配、せいぜい夕食のおかずを決めようとしているのだろう、としか考えないような習練を、いつのまにか積んでいたのでした。

たしか十六、七歳の頃です。あるとき、ついそんな感想を口にしますと、同席の女性がつくづく私を見て、「あなたって可哀そうね。きっと、女のひとによっぽどひどい目にあわされたのね」といったのを憶えています。

びっくりして私が、「ひどい目、って？」と訊ねますと、「きまってるじゃないの。さんざんいい気持ちにさせられて、それからフラれたのよ。トボケても駄目」と、その女性は答えました。まだ幼く、私はそんな経験などまったく身に覚えがないのに、彼女はどうしても自説をゆずりません。さもわかった顔で、しかも冷たく、頑固に同じ言葉をくりかえすだけです。――何度かの押し問答のあと、私はやっと、こういう判断のしかたも、そういえば女性特有のものだな、すくなくともひどく女性的だ、と気づきました。

あらゆる発言や感情に、かならず、じつに具体的・直接的な理由をみつけたがり、それがないかぎり納得しない傾向。男にとり、女とはつねにロマンティックな、はかなく、かよわく、やさしい、美しい幻影なのであって、そう眺めない男性には、かならず女性への悪意がある、とまるで自分までが軽蔑されたような勢いで、強引に決めつけたがる傾向。……でも、逆にいえば、これらにこそ、彼女の「女らしさ」もあるのではないだろうか？

そして私は、どうやら男性と女性とは、同じ人間とはいいながら、どこかが根本的に違うらしい、と考えはじめたのです。

たしかに私はいま、当時の自分は「可哀そうな」状態にいたのだと思います。ダマされないことはある人間的な能力の重大な欠如ですし、ダマされまいとするのは、ひとつの臆病でしかないのですから。

また、そのときの私が彼女には腹立たしく、嫌われたこともわかります。自業自得というべきで、つまらないことをいったものです。

でも、男女が、どこかが根本的に異なる人間どうしだという考えは、結婚後の今日も、一向に変わりません。――シモーヌ・ド・ボーヴォワール女史はその高名な著作で、「女は女に生まれるのではなく、女につくられるのだ」と説いていますが、これは明白にいいすぎです。染色体の差（今日では男性が44XY、女性が44XXが定説です）や、幼い男児と女児のあそびの差をいうまでもなく、この両者はその強い部分弱い部分において、あきらかに表と裏ほどに異なり、そのことはアメリカのハンフリィ氏とフランスのガリアン氏の有名な生物実験で、とうに証明ずみです。（興味のある方は、ジャン・ロスタン氏の著作をご覧下さい）

つまり、男女の性の差異が、「男らしさ」「女らしさ」という形をとり、現実に体型的・生理的・生態学的な差を生み、さらにこの両者の構造及び機能の差が、そのまま情緒や反射を含むあらゆる精神面、願望の面、行動、傾向の面での差に通じていること、これは、すでにまず事実として認定されねばならぬことなのです。……もちろん、一人の人間の中には男女両性のホルモンがあり、いわば男性的・女性的の二性格、二傾向が同居していて、それぞれの性に関したものが、程度の差をもって優越しているわけです。が、男性と女性の差は、程度の差ではなく、どこまで行っても質の相違でしかない。

おことわりしておきますが、私はけっして男性女性のどちらがすぐれているか、などというくだらない暇つぶしをするつもりはない。また、これは、そのどちらの「仕事」をも決定づけるための小文でもない。私は、ただ単に、おたがいに積極的に自分の性に忠実であろうとすること、それのみが異なる人間どうしである男と女とを連帯させる唯一の方法である、といいたいだけのことです。

両性は、おたがいの特別な相違に忠実であるべきであり、それぞれ相手から望まれている事柄を、逃げたり取り換えようとすべきではない。何故なら、それは自分の性からの逃げられっこない逃避であり、じつはその人の、自分の性についての自信のなさ、嫌悪感、劣等感、つまりはその人自身の性の虚弱さ、性ホルモンの不足のあらわれにすぎないのですから。

カール・バルトという、現代プロテスタント神学の第一人者と目されている碩学《せきがく》が、その代表的な著作で、こう書いています。——人間は、すべて男と女である。つまり、女か男である。そして、以下は男性・女性のどちらが一方にたいし傑《すぐ》れているということではない。どちらが劣っていることでもない。またこれは男女性のどちらも、それぞれのどんな小さなことさえ放棄することではなく、むしろその逆のことだ。が、男をして主導的に女の先に立たせるような関係の実現こそ、本来、まさに女の主導すべき事柄、課題、機能なのだ。彼女も、彼も、自分だけでどうしてそのことを実現できよう。もし男女ともに、自分一人だったり、異性に対立したりしては、どうしてその彼が男であること、彼女が女であることを、実現することができよう。……そして、男か女かであらずして、どうしてその人間が、充分に人間であることができよう?

男性と女性が、本質的に違う同じ人間どうしであること。自分以外の人間は、すべて「他人」でしかないこと。——これらの私の信条からも、私は、バルトの説にむしろこうつけ加えてもいいと思う。

積極的に男と女になろうとせず、どうして異なる人間どうしとしての男女が、ワン・カップルを形成することができよう？

さらに、なにかの力により、おたがいに夫とし妻として認めあった特別な他人どうしとして、それぞれ積極的に夫であり、妻であろうとすること以外に、ある男女、ある二人の人間が、どうして緊密な「夫婦」としての、一つの生活を築いていくことができよう？……

私たち夫婦は、しょっちゅう喧嘩ばかりをしています。その点、けっして優等生夫婦とはいえないでしょう。でも、もともと優等生にほど遠い私は、妻が、妻としてのいわゆる優等生であり、文句のつけようのない秀才的「良妻」だったら、やはりギゴチないながらも優等生の夫になる他なく、それでは荷がかちすぎて呼吸苦しいばかりでしょう。

私は、自分をなによりもまず「男」として生かせ、「男」として幸福にしてくれる女性を、最上の女性だと思うし、私にとっての最上の「良妻」だと考えています。

……たぶん、これが私のこの小文の結論でしょう。

でも、これはじつは、半ば以上、私の責任です。おそらく妻も私に同様のことを要求するでしょうし、男性と違って、女性は、相手の男性の出方次第で、「鬼にも仏にもなる」という、男たちにとってはおそるべき存在なのですから。

まったく、女は男次第とはよくいったもので、女性は男性の「本心」にだけ、つねに反応します。（女性と理屈をいいあって、たとえ表面上は勝っても無意味なのはこのためです。もともと女性は理屈そのものなんて、信じてはいないのです。）

どうやら女性は、自分を相手の男性がどう考えているか次第で、柳眉《りゅうび》を逆立て「プイと出たきり」にも、「面倒みるよ」と、大いに力になったりもするようです。……だが、このことは、男女間における女性の主動性の否定ではない。さっきもバルトの言葉で述べたように、男にリードさせるように男をリードすることこそ、主動的な本来の「女性」の仕事なのですから……。

私が、妻に私の「良妻」になるため、つまり私が妻の「良夫」になるため、「女性」としての豊かさを求めることの理由は、これでおわかりいただけたと思います。

第3章

目的をもたない意志——映画をめぐる断章

増村保造氏の個性とエロティシスム
——主に『妻は告白する』をめぐって

先だって、『爛《ただれ》』という映画を見た。去年の秋ごろだったか、『妻は告白する』という映画をみて、えらく面白かった記憶があるので、増村——若尾のコンビに興味をもっていたのである。しかし、期待は裏切られた。

どうして『爛』はつまらなかったか。それは僕にとって、どうして『妻は告白する』が面白かったか、を自問することでもある。——端的にいうなら、その答えは、『妻は告白する』における若尾文子が美しかったことはなかったという、その美しさについて語ることであり、あの映画で、彼女の扮した彩子という人物をつくりだした増村保造という監督の個性の、僕にとってのリアリティを説明することでもある。

以下、このことにつき書いてみたい。僕の考えでは、『爛』には明瞭にその作者の誤算がある。

僕には、増村保造氏は、日本の映画監督の中では数少ない、かなり観念的（図式的とはちがう。――良きにつけ悪しきにつけ）な個性の持主だと思える。

といって、もちろん僕はここで正面切った増村保造論を展開するつもりはなく、資格もない。映画についてだったら、僕はテーマがつまらない優秀映画なんて興味がなく、（テーマがすぐれていればいいというのでもない。僕がいいと思う映画はテーマにも魅力があるのだ。）画像の技術評やものはづけ的読解、作品の文明論的解釈にも、一応の敬意しかもたない。僕は、ただ単に僕という一つのごく小さな節穴から見た彼についてだけ語りたいので、だいいち、僕は増村氏の作品は、ほんの僅《わず》かしか見てはいないのである。

はじめ、ぶらりと入った場末の映画館で、なにげなく『くちづけ』という映画を見たときの新鮮なショックを、僕はまだ忘れてはいない。快適なテンポに充ちたみずみずしく躍動的な画面。清新な技術。テーマのつかみ方にも、今の言葉でいえばアクテュアリティがあって、それでいてどこかにしっかりした作者（原作者ではない）の存在が感じられた。一言でいえば、それは若々しく「明快」な映画だった。

それぞれ父が小菅《こすげ》に服役中の見も知らぬ若い男女が、ふとしたことで知りあう。青年の母は夫を捨て、娘の母は病気である。二人はいわば一家の働き手で、毎日を肉親のために忙しく働きつづけている。その二人が真夏の或る一日、貴重なたった一日の休日を共有する……書きながらも、次々と画面のイメージが浮かんでくる。僕はこの画面の手応えのある律動感の美しさを、いまだに日本映画ではたいへん貴重なものの一つにかぞえる。

しかし、それ以上に僕の気に入ったのは、この映画での若い男女のドラマである。青年は娘を好きになるが、しかし、それを口に出すことができない。むしろ拒む。だれの世話にもならず、自分だけを頼りにせねばならぬ毎日の連続の中で、いつのまにか「孤独であること」は彼の支えであり、力になっているのだ。彼は「好きだ」と娘にいってしまうことによって、他人との癒着の幻影のなかに、彼のその支えが行方不明になってしまうことをおそれる。自分が、曖昧な雲の上の旅行に出発してしまうようなのをおそれる。……しかし娘は、青年と同様な生活を生きながらも、そのような恐怖には無縁である。彼女は強引に「好きだ」という言葉を青年から聞こうとする。自分が彼の中にはっきりと位置を占めているのを、その言葉によってたしかめたい。つまり、自分というものを彼に認めさせたい。べつに責任とか負担を負わせたいのではない。もはや自分が一人ぼっちではないという事実、自分たちが新しい現実の中にいるのだという事実を、娘は青年にも確認させ、安心したいのである。

娘には、青年の観念的な不安は理解できない。それは彼の現実拒否、卑怯、冷酷としかとれない。どうしても「好きだ」とはいわぬ彼に、娘は次第に不安になる。だが娘のその不安は、本当は彼は私をきらいなんじゃないのかしら、という、つまりは現実を錯覚したのではないかという不安、まったく実際的な不安である。二人はわかりあえない。

今から思えば増村氏の、男性と女性とのまったく理解しあうことのできぬ対立、その上に引きおこされる悲喜劇、という独得の男女関係のとらえ方は、すでにこの作品からはじまっているのである。もちろん、勝負はきまっている。「ないもの」を頼って生きようとする男性が、「あるもの」だけを頼って生きる女性に敵うわけがない。『くちづけ』においても、結局、青年は娘に屈服する。「好きだ」というのである。すると娘は泣く。……

僕は、このドラマの切実なリアリティに驚嘆した。当時の日記をひらくと、とくに最後の娘の涙につき、こんなことが誌《しる》してある。

「……あえて分析をすれば、あれは勝利と悔恨と、恐怖の涙である。やっと娘は男をつれ現実の中へ里帰りができた、それが勝利であり、しかし、そのためには奪うようにしなければ男からあの言葉を得られなかった、そのことの胸の痛みが悔恨。そして、それほどまでに頑張らねば敵対することができない、彼の中に住むわけのわからない『ないもの』という強大な怪物への初心な怯え、それが恐怖である。これは、ともに異性について知らぬ純真でエゴサントリックなカップルが、いよいよ二人して歴史をはじめようとする出発のシーンとして、ひどく胸にひびく。」

とにかく、映画館を出てから、僕はくりかえし、あんなにもいきいきとした「今日を生きている」若い男女を見たことがないと思った。僕は、このときはじめて増村保造という監督の名前を、脳ミソに刻みこんだ。

僕は、いささか経験主義的であり、リアリティを手前勝手な共感のシノニムにしたきらいがあったかもしれない。しかし、リアリティとか感動とかは、どうせ自分の裡《うち》にそれに応えるなにかの発動なしには感じとることはできない。いわば、存在しえない。僕はただ僕という一つのごく小さな節穴から見た増村氏についてだけ語ることに、はじめから腹をきめているのである。

次に見たのは『青空娘』であり、その次は『巨人と玩具』である。どちらも増村氏の名に惹かれて行ったものだ。が、この二つを見終えたとき、僕の増村熱は一応消滅した。そして氏の名前は、僕にとって無縁の無数の監督たちのそれの中にまぎれた。

『青空娘』は、湿っぽいメロドラマふうなお話を、カラリと達者に仕上げただけの仕事だったが、正確にそれ以外の内容ももたぬ映画だった。これぐらいの巧さならとうに承知していたと思う反面、僕はその一見カラリとした「明朗」さの中に、作者の安直なニヒリズムを嗅いだ気がして、この作者はすでになにかの探究を中止してしまったのではないのかと思い、あまり愉快ではなかった。奇妙になまなましい「女」のすがたや、いきいきとした風俗の断片はあったが、しかしそれはすでに「断片」でしかなかった。僕は、これが作者の「才」だけの映画であるのに、大げさにいえばその「才」そのものの性質と危険を予感したのである。

『巨人と玩具』は、僕にその予感の的中を感じさせた。この映画は、僕に深甚な失望をあたえた。ここにあるのはインチキな少女の出世ストーリィの、「空虚」なその空転でしかない、と僕は思った。なるほど、新鮮味を出そうとはしている。が、それはいわゆる「新しい風俗的現象」を取入れただけのことで、僕はそこに作者の軽薄さ、貧寒さ、いわば人間にたいする反応を喪失してしまった平板な内面を見た気がした。

これは僕の求めたものが過大だったり、見当違いだったせいだろうか。脚本のせいもあるのかもしれない。しかし、『くちづけ』のあの手応え、あの新鮮な充実はどうしたのか。あれも僕の錯覚か。いや、そうは思えない。とすると、作者はなにを失ってしまったのか。あのとき彼の所有していた「人間」はどこにかくれたのか。あのときの彼の切実な人間への関心は、いったいどこに行ってしまったのか。

はっきりいって、僕はこの映画で増村氏が、単なるせわしない、「現代的」な職人——合言葉のようにわざわざ精神とか内面を否定し、それを拒絶することが「現代的」なのだと思いちがえ、実はくだらないそれしかもっていないことを、そういうポーズで糊塗《こと》しているだけのいい気で軽薄な職人——に堕してしまっているのを感じた。だいたい「組織」と「人間」が対立概念であったり、マスコミが無能力な娘をシンデレラに仕立てあげたり、などというのはばかげた幻覚にすぎないのだ。これでは浮薄《ふはく》な話題をただ映画に仕立ててくれただけで、なにも現実とも現代とも嚙みあわず、映像が観客の胸にとどくわけもなかろう。……僕は、ひどくサクバクとした気分で映画館から出た。腹が立ってならなかった。とにかく、僕にとって、『くちづけ』のあの明快さは、『青空娘』ではただの明朗さとなり、『巨人と玩具』においては、たとえば「めくるめく陽の輝きの下での虚無」「群集のまっただ中での孤独」という陳腐で不毛な常套句に集約されるような、ひどく自己憐愍《れんびん》的で平凡な内容皆無へとかわってしまっていたのである。

以後、僕は氏の名前のために映画館へ足をはこぶことを止めた。そして、いつのまにか僕は、まったく氏への関心を失くしてしまっていた。──それでも、何本か氏の作品を見たことは見たらしいが残念ながら、いま書いた印象を修正すべきものは一本もなかった、と僕は思う。

むしろ、わざわざ軽薄な「新しさ」を狙ったような氏の映画は、その「新しさ」とともに（ゆえに）古び、ただの「軽薄さ」のみが、不毛で達者で、いささかそういう自分に憂鬱なような氏の作品の、まるでそのトレード・マークのように、僕の目にのこった。

『妻は告白する』を見たのは、友人に熱烈な若尾文子ファンがいたからである。僕もまた彼女のファンの一人なので、彼に対抗する気味もあって、封切の翌日に見に出かけた。その夜、僕は彼に長い電話をした。二、三日して彼から電話がかかってきた。「もう、いうことはねえよ。タンノーいたしました。彼女は充分に女ですよ。そして俺は充分に男なんだ。うまく行かねえはずがねえよ。もう、いうことはなにもねえよ。でも、あれ、彼女わかって演技してるのかねえ」と、友人はいった。

わかってるかどうかはこちらの知ったことではない。いずれにせよ、この映画の若尾文子がすばらしかったのはたしかである。前半はちょっと間のとり方に余裕がなく、呼吸切れが目立つようなせわしない演技だったが、法廷でひらきなおり、「どうして私が悪いんです?」といってから後の彼女には、まったく非の打ちどころがなかった。僕は驚嘆した。こんなに美しい彼女を知らない、と思ったのはその部分である。

僕は、彼女のもつ一切のものが動員され綜合され、あの「彩子」という人妻とぴったりとかさなりあい、そこになまなましい一人の「女」がむき出しにされているのを見た。あの画面には女そのものの裸体が、強烈なエロティシズムとともに動いていた。僕たちはそこに呼吸のつまるほどなまなましく、美しい一人の女を見たのである。この映画での若尾文子の美しさは、けっして彼女の年齢や技術や偶然だけのものではない。なによりもそこにむき出しにされた一人の「女」のすがたがあり、それに「若尾文子」の魅力が重ねられた掛け算のせいではないのか?

監督・増村保造という文字が僕の胸に来たのは、そう考えたとたんである。突然、僕の前に氏の内面がひらけ、はめ絵の最後の一駒が音もなくその場所にはまったように、僕は自分が氏の内面を一瞬のうちに所有できたような気がした。理解できた、というようなものではない。氏についての印象の一つ一つがきちんと整頓され、おさまるべきところにおさまり、僕は、ふと僕の中で、氏という一つの個性の図型がやっと完成した気がしたのである。……なるほどと僕は思った。ああ、彼も彼なりに生きてたんだな。奇妙な、そんな納得の感動を僕は感じていた。

この映画での若尾文子の秀抜な演技を僕は賞讃する。その点では人後に落ちるものではない。が、この「彩子」という女性が、増村氏以外の監督では、とうていここまで描き切れなかったのもたしかである。彩子一人ではない。痛切で、どこか荒涼としたこの映画そのもののもつリアリティは、増村保造という一人の人間の内面を無視してはありえなかっただろう、と僕は思うのである。

第一に、その女性一般というものについての鋭利な理解である。第二に、その「愛」についての観念の特殊さである。第三に……いや、順を追って書いて行こう。

彩子は充分に女である。いや、充分すぎるほど「女」である。

女は女に生れるのではなく、女になるのだ、というボーヴォワール女史は、じつは間違っている。生物学的にいっても、いやあらゆる点から見て、女は女に生れるのである。同様に男は男に生れる。だから男性と女性とのあいだには、環境や教育の差ではけっして説明のできない越えがたい溝があって、いわば同じ人間でも、男と女とは、馬と牛ほどにできかたのちがう動物どうしでしかない。そうでなくて、どうしてこの二者、両性のあいだでの根本的な無理解、ディスコミュニケーション、そして愛が、ありうるはずがあろう。

このことに深入りをするのは泥沼に足を突っこむようなもので、いまは精しく例証をあげるひまはないが、簡単にいえば女性を支配しているのは、現実性、理性、つまり実際性であって、逆に男性は観念性、空想、いわば精神性をその支柱にしている。男が夢想とか幻影を、架空の空間に発明して、観念をたよりにして生きるのに比し、女はつねに現実のなかに合理的に適応して、絶対的な生理の支配の下に生きる。

……もちろん、僕はやや一般化し、極端視していっているわけだが、もし、いわゆる精神とか思想とかが、神聖な非合理への固執から生れるものであるとしたら、女性にはそれがない。表向きは男のいうことを信じたり利用したりはしてやっているが、根本では神聖な非合理への偏執など、狂人のヨタとしか思えないのである。でも、これがなくてはさびしく、男性を通じてこの「神聖な非合理への偏執」とつきあい、そこに男のコッケイさや魅力をかんじるのだ。男の狂人は多種多様だが、女の狂人は例外なくイロキチガイだという——。女性には、モーターがないのである。

べつに悪口ではない。昔から陰と陽というみたいに、女性と男性には大地と日光のような関係、存在と非存在のような本質的な性質の差異があって、だからこそ両性はおたがいを必要とせずにはいられないし、だからこそそこに「愛」が成立する。

さらにいえば、幻影を追いかけ、架空のルールをつくり、目に見えぬ正義とか妄想を支えにせねば生きて行けず、だからそれに一種の心理的な価値をあたえ、ことによってはそれと心中をしかねないのが男であり、いっさいを理性的に処理し、実際的な価値のないものにはまるっきり価値をみとめず、だが、実際的な価値さえあったらお昼の残りものを晩の食事に使うように、平然とそれをじつに合理的に利用するのが女である。

こういう「女」の典型を、僕は「彩子」にみる。自分が必要としない他人や他人たちのルールへの無理解・無神経。しかも彼女は孤独と貧困の中に育ち、はじめから人並以上に自分以外の存在への感覚が欠落している。彼女は、徹底的に自分ひとりの現実しかもたない。彼女が幸田を追うのは、彼が彼女の生きるために必要だからである。だが幸田は「人を殺したものに本当に人を愛することはできない」という。そうだろうか。目に見えない「愛」という代物については、彼女は男性に従うほかはない。もし「愛」が生理的・生活的な必要以外のなにかであり、精神的ななにかだとしたなら、彼女にはわからない。それは、てんで見当もつかないなにかである。もともとそんなものは見えなく、所有してもいないのが女性だからである。

雨の夕方、彩子は会社に幸田をたずね、結局、そこで完全にフラれる。そして彼女は死ぬ。すでにはげしく彼を愛し、彼への愛だけを生きながらも、彼女にはもはや自分自身への自信がまったくない。痴呆のように、なにひとつわからない。やはり自分には愛はできないのだと思い、「人を殺すような人間に人を愛することはできない」という幸田の言葉を心に呟きつつ、彩子は、すでに破壊されてしまっている自分ひとりの生を閉ざす……。

この映画の後半の迫力はすさまじい。なにひとつ幸田について理解できないまま、ただ彼を失わないがために、なんでも彼のいうとおりにしようとする彩子のいじらしい、またグロテスクな執念。その愛のなまなましさ。

男にとり、だが、そこに女のあわれさも美しさも、おそろしさも魅力もある。何故なら、その感触の中にこそ男にとっての「女」がいるのだから。むきだしにされた「女」そのものの裸体があるのだから。……だからこそ僕たちはその彩子に、呼吸のつまるほどなまなましい「女」を実感するのである。

いちいち例をあげればキリがないが、この映画、ことに彩子に、増村監督のそのような女性への理解がまんべんなく行きわたっているのを僕は感じたのだ。『くちづけ』において、「好きだ」という一言をめぐっての若い男女の質のちがう不安を凝視し表現した作者の、何年か後のすがたとして、女性についてのこの理解はふかく僕の胸に落ちる。

もちろん、完全な「女」、完全な「男」なんて、じつはどこにもいないのかもしれない。彩子は異常な女であり、それにちがいなかろう。しかし、僕はそこに、一人の或る種の「完全な女」の幻影をながめた。増村保造氏は、女性というものの或る種の無感覚さを、そのおそろしさ、哀れさ、美しさを含め、みごとに描き出していたのである。

だが、問題はじつはこの裏側にひろがる。僕は、いよいよ僕の感得した氏の内面について触れなければならない。

簡単にいえば、僕は氏のこういう「女性」のとらえ方の根に、調子のいい愛だのヒューマニズムだの連帯だのといった男女間、いや人間たちの中の、あらゆる架空なつながり、あらゆる人間的な幻影についての、ある徹底的な疑問・不信・糾弾《きゅうだん》の目を感じとった。苦渋にみちた「だまされまい」という目。そして、その持主である作者の孤独な観念性。

さっきも書いたように、増村氏は、作中の幸田という青年に、「人を殺すような人間には、本当に人を愛することはできない」といわせている。これは、いかにもこの平凡な現代の正義派青年にふさわしいチープなセリフである。むしろ、こういいかえた方が氏の本音に近いのではないのか。「人を殺さないような人間に、本当に人を愛することはできない」

氏にとって、愛はじつは殺人のシノニムではないのか？　真の人間関係は殺しあいの中に成立する。または、殺し殺されあうことによってしか、人間はだれとも真の人間関係はもてない。つまり、そこにしか、真の愛は存在しえない。……僕には、それが増村氏の考えのように思える。

彩子は夫を殺し、幸田は彩子を殺した。人びとはたがいに交わらないそれぞれの線の上を生きた。そして「愛」とは、その単独な線の上での増幅現象のようなそれぞれの波瀾《はらん》であり、けっしておたがいを結びつけるものではなく、かえって相手におそれられ、うるさがられ、斥けられるものなのにすぎない。愛することは殺されることであり、愛されることは相手を殺すことだ、という整理がこの映画では可能である。いずれにせよ、愛は殺人行為でしかない。

「愛」についてのこの理解は、明瞭にサド――マゾシスト的な立場につながる。が、じつはそれはどうでもよい。僕が胸をつかれたのは、この発想の基底をなす増村氏の、エゴサントリスムへの膠着《こうちゃく》である。そのいささか異様なほどの孤独さといってもいい。

氏は、すこし長く個人主義者でいすぎたのではないだろうか？　失礼ながら、僕はそんな想像をし、ふいに氏の「空転」を思い出した。ときどき氏の映画にかんじるあの空虚で急ピッチな空転。……以下、妄言をかえりみず僕の独断的なこのことについての理解を書く。

おそらく氏は、「環境」とか「状況」を、かなり重視する作家だと思う。だが、つねにその状況は、氏にとって、氏の外側にしか存在しないのではないだろうか？　氏の空転は、人間を状況の奴隷として扱うときに生じる。氏は人間の中に状況を見ないのである。（これは主観的になれ、ということではない、この場合はむしろ逆のことだ。）彩子という人物のリアリティは、外側を――つまり内面を、といってもいい――喪失した人間としてそれがとらえられているところにある。

僕は、たとえばこういう人物を想像する。女性、――いや、現実は、彼にとって、つねにその外側にしか存在しない。彼は動物を観察するみたいに、それを見る。ただ、見ることが彼の内面を塡める行為である。何故なら、つねにあらゆる幻影を排し、曖昧な他者との癒着をさけ、外界の侵入をかたく拒みつづけている彼の内面には、じつはがらんとした空っぽの倉庫みたいに何物も存在してはいないからだ。その内面は、だから、じつは彼の外側にしかないのだ。……見ることが、彼の唯一つの行為である。

このとき、外界こそ彼の内面であり、彼の内面は外界である。ここに内面を喪失した者の真の孤独があり、彼の空虚さの真の理由がある。——偏見をはばからずに書けば、増村氏は、じつはこの「彼」の孤独と空虚にごく近い場所で生きているのではないか、とさえ僕は空想する。(内面の喪失が全体主義につながるのは、すでに僕たちも知っているはずのことだが、増村氏にいささか戦中派の匂いがするのは、こんなところにもかつての全体主義の影響がかんじられたりもするせいだろうか。)

ひとつひとつ、衣裳を脱がせるように対象から人間的な幻影——その人間のもっている人間についての伝説、人間たちについての通念——をはぎとり、人間を、彼はついに一個の物体にまで追いこむ。自分ひとりの世界の中で、単独な生理の支配下にあるだけの彩子。この設定のうちに、すでに彼の意図は明らかである。やがて彼女はその「自分ひとりの世界」を突き崩され、現実と生理とのそれまでの均衡を失い、はじめて幸田という一人の他者の存在にすがって生きようとする。生きようという一つの執念だけに化した彩子。それは、すでに自分を喪失した彼女であり、生きながら幽霊となった彩子である。だが彼女は、自分には愛はできないのだという幻影によって、自ら毒を仰ぐ。つまりはじめて獲得した幻影によって死ぬのだ。白じらと輝く死んだ彼女の横顔。彼女は、自分の孤独を、ものになることによってやっと完成した。ものとしての人間は猥褻《わいせつ》であり、グロテスクだ。しかし、ものになった若尾文子のそのすがたは、ある強烈なエロティシズム、美しさをもって僕たちの胸を刺した。それは、完全なある一人の「女」として、——いや、ある一人の人間としての完全さを示して、そこにあった。……僕は、ここに増村氏のオリジナリティを認めざるをえないのである。

この映画は、そしてラスト近く、彩子という女性を評して、幸田の会社の上役にこういわせる。「君、気をつけたほうがいいぞ、あれはすごい女だ、あんな女とかかわりあいになったら、身の破滅さ。……」

この上役の言葉は重くひびく。何故なら、この世間的・常識的な判断は、日常の中でのわれわれの彩子的な女性への目や反応を代弁していると同時に、「世間」がきびしくこの種の人物をさばき、排除する言葉だからである。人々はルールや連帯や、つまり他人たちの意識なしに社会生活を送ることはできない。それを無視し、それにたいし無感覚な彩子は、いわば世間一般にとっての敵であり、危険で有害な、疎外せねばならぬ人間の一人でしかないのだ。作者は（作者たちは、というべきかもしれない。脚本は井手雅人氏である）、自分でつくりあげた人物に、このような批判によりいっそう多元的、立体的なリアリティをあたえ、われわれの日常の次元に彼女を存在させるのといっしょに、こうして彼女のその中における位置を示しているのだ。
僕は、このような僕たちの日常的なリアリティに接近したことに、氏がこの映画のリアリティを置いたことに、氏の手腕と年輪をみる。どうやら氏が、氏なりにここ数年を、自らの堕ちこんだ不毛な孤絶した空虚さの底をみつめ、それを対象化することによって生きてきたらしいのをかんじる。こうして、いわばこの映画には、明瞭に一九六一年の増村保造がいるのである。……『くちづけ』から出発して、『青空娘』『巨人と玩具』『偽大学生』などの諸作を経たその延長線の上に、彼は久しぶりに彼の生活と肉体を回復しているのだ。僕はそれを感じ、それを歓迎する。おそらくはそのリアリティが、若尾文子の扮した彩子の美しさを、みごとなそのエロティシズムの香気を、ある切実な迫力をもって観客につたえてくるのである。

人間がたがいに個々別々な、「わかりあえないもの」であるという確信。曖昧な幻影や他者への徹底的な拒絶。頑固なエゴサントリスム。他者たちへの恐怖。環境・状況を外側にしかとらえない目。それらの当然の帰結としての不毛な自分だけの世界の底に降りて、かつての安直なニヒリズムや、器用で軽薄な空転でなにかのお茶を濁す代りに、氏はグロテスクな「女」の裸体への自らの固執を置いた。ものとしての人間をとらえた。つまり、ただの空っぽな内面の代りに、年輪を加えた孤独な、荒蕪《こうぶ》な、空虚な自分そのもので、その空間を充塡したのである。いささか独身のままで長くいすぎた男（これは比喩であって、僕は氏の私生活はまったく知らないのだ。念のため）の内面のような、腐りかけた果実みたいな甘酸く荒廢《こうはい》した青春の匂いや、月の面のようなざらざらとした荒漠たる気配をそれが脱してはいないとはいえ、――いや、切実なそれらの気配や感触があったゆえに、そこに僕は氏の現在をたしかめることができた気がしたのである。また氏という一作家の個性の内容を、（あくまでも）僕なりに感じとることができたという気がする。

増村氏は、さっきも書いたように、主人公からさまざまな衣裳や幻影やをはぎとり、裸になったその人間と「環境」や「他者」との格闘に、現在もっとも氏の情熱を刺戟するテーマをみつけているのだ、と思う。『妻は告白する』も『爛《ただれ》』も、その趣向の点では一貫している。――では、どうして僕は『爛』を失敗作と見たのか。

その理由は、じつはすでにいいつくしている、といえる。つまり『妻は告白する』へのさまざまな発言は、そのまま『爛』ではそれが充たされていなかったことへの不満である。もちろん、僕はこの二つの映画に同一の味わいを求めに出かけたのではない。二本の映画は違う映画であり、同一人である作者は、後者に前者を踏まえてのなんらかの進展、あるいは移動をこころみているはずだ。僕のいいたいのは、そこでの作者の計算ちがい、誤算である。

たとえば『爛《ただれ》』の若尾文子はミス・キャストである。彼女は、どう見ても夫を必要としなければならぬ女とは見えない。

いいかえれば、かんじんの彼女が、どうしても妻の座を死守せねば生きて行けぬ女だとは、どう見たって受け取れない。おそらく、彼女は知的すぎ、いささか急進的な「女」を感じさせすぎるのである。急進的——つまり、幻影の中での安定は彼女には一つの不安定でしかなく、より正確な自分、より自己の充実にたいして貪慾な、その努力の中にただ安定をかんじる性質の女。タフで、生活技術にも秀で、コンベンショナルなものなど平気で無視してケロリとしている種類の女。僕たちは、彼女ががむしゃらに妻の座にしがみつくことに、なんの必然性も感じとれない。(僕は今のところ、若尾文子は日本におけるもっとも知性的な女優であり、彼女以上に「女」らしい頭の良さを印象づける女優がいないのを信じている。)

だが、ミス・キャストだとか、原作の強弱とかにはあまり触れまい。それらについては、すでに多くの人々が指摘している。

人間は一人きりでは生きて行けない——いや、人間として存在しえない。人間が、人間であるための最小限の単位は二人なのだ。そして、男性は女性をリードすることにより女性に従属し、逆に女性は男性にリードされることにより男性を自らに従属させる。……べつにどうでもいいことだが、つまりはこれが、生物学、神学、心理学、その他の多くの学者たちの認める健全な男性・女性の「関係」であり、それぞれの役割りである。男女が「平等」なのは同じ一人の「人間」としての権利の点であって、男女がけっして「同質」の人間ではないことは前にも書いた。

だから、女性もまた頼るべきものがなければ一人では生きて行けないのは当然だが、その頼るものの本質は、じつは物質ではなく、計算でもなく、男たちのもつ精神的なエネルギー、非物質的・非論理的・非合理的な存在としての「男性」であるのだ。なるほど妻の位置は物質的・現実的な安定を約束しよう。しかし女性に欠けているのは物質性・現実性なのではなく、その現実を可変的なものにしか見ないわけのわからない力なのだ。女性はつねに不変、不動の安定をのぞみ、逆に男性はつねに可変、可動の現実を夢想するのである。……そして、両性はつねにその自らの持たぬものによっておたがいを必要としあっている。持たぬものにたいし諦めてしまったとき、それはすでに男性・女性としての資格も魅力もなく、ただの動物的・植物的な存在としてのグロテスクな怪物にすぎない。つまりそのとき彼または彼女は、それぞれの「人間」を喪失してしまっている。

そこにはグロテスクはあっても美はない。なぜなら美はつねに人間に属するのに、グロテスクなものに属しているからである。ものになった人間はとにかく、ものとしての人間には魅力はない。増村監督はこの映画で、人物たちを、むしろそれぞれ交流のない幻影に支配されたものたちとして描き出そうとしている。あえてそれを誤算の一つにかぞえるのは、そのようにとらえられた人間は、じつは人間の影であって、どこをさがしても人間そのものの手応えには衝突できぬからだ。

『妻は告白する』ですぐれていたのは、女性のもつある種の無感覚さが、そこに立体的にみごとにとらえられていたからだとさっき僕は書いた。が、ここで大切なのは、「女性のもつある種の無感覚」という事実ではなく、その事実を自らの問題にせねばならなかった作者の切迫した精神であり、作者の主体である。その角度であり、そのオリジナリティである。それがこの事実のリアリティを保証する唯一つの力である。このことを、増村氏は錯覚してはいなかったか？

『爛《ただれ》』においては、増村氏は、単なる事実の影を映し出してくれるだけで、氏固有の精神の照明によって人物たちを浮かび上らせてくれてはいない。つまり人間にピントのあったイメージをもっていない。たとえば田宮二郎の扮した「夫」は、女についてのどんなイメージをもっているのか。彼は一応、女についてのイメージのない男に見える。が、それならそのイメージのなさを何故描かないのか。女についてイメージをもたぬこともまた、女についてのイメージの一つではないのか。ここに登場するのは、極言すれば竿のような女たちであり、影のような男たちである。ともに人間たちの影にすぎず、風俗の断片にすぎない。これは、この映画での増村氏の、主体的なイメージのなさを語る。

三人の主要な女性のうち、若尾文子を除いた二人にむしろ「女」としての魅力があるのは、その二人の女性の存在が、ともに男に向ってひらかれているからである。いわばこの二人は男を必要としている。実際性や理性の枠を越えたところに男性の位置を感じ、その存在を必要としている。が、若尾文子（の扮した役の女）のみは、実際性や理性の枠の中でのみ男性を必要としている。彼女の夫への執着は、結局のところその枠を越えるものではない。……これは、「女」についてのごく一般的、ごく通俗的な見解にすぎない。そこには監督・増村氏の新鮮な個性・独自性はないのである。

いくらヌードが映し出されたり、裾が蹴上げられたり、とっくみあいの喧嘩をしたりしたところで、それはそれだけのものにとどまる。熱演も好演もすべて空しいのである。この画面にころげたり衝突したりしているのが、僕たちとは無縁な、したがってつまらないただの物体であるかぎりは。

結局この映画は、増村氏流に風俗を構成しただけの作品、根っこのない、単なるいわゆる「風俗映画」の一つでしかなかった。氏の名前にそれ以上のものを見られると期待して出かけた僕は、こうしてその期待を裏切られたのである。

理性的・実際的・現実的・物質的な女性が、にもかかわらず、それらに非を冠した幻影を生理的に求めざるをえないということ。女性の女性としての存在の切実さは、そこにのみ感じられる。いわば女性は「不在」に巻きこまれることによりエロティックになり、男性は「実在」に巻きこまれることによって現実的な存在となる。「男性」「女性」としてのその「人間」のリアリティは、そこにあるのではないのか。だが、氏は『妻は告白する』で示したその関心その追求を、『爛《ただれ》』では完全に怠っている。だからこそ、いくらきわどいシーンが連続したところで、後者からはわれわれの胸をつらぬくエロティシスムは感じとれない。

風俗を扱うなら、その「風俗」への徹底的な不信、徹底的な懐疑こそ、作家の主体性を確保するただ一つの手がかりである。そこにのみ、作家自身のイメージが出現する。状況を人間の中に発見するということは、その人物を風俗化する技術ではない。おそらくそれとは逆なもので、まずその人物に作家自身の存在論を見出し、そこに作者が自分の主体を賭け、人物をその中で生かすことだ。それが一つの役柄の男女を、「人間」にしてみせてくれる魔術である。

それを等閑に付しては「社会性」も、作家の作家としての「行為」も、したがって「参加」も、ありえようはずがなかろう。

おそらく、怜悧な増村氏は、僕が書いた事柄については、いまは百も承知だろう。でもついでにもう一つ自明のことを書き加える。――われわれは映画に「人間」を見に行く。「人間」のいない映画には興味はないのである。どんな顔の、どんな種類の人物でも、それが「人間」としての手応えをもち、「人間」の匂いを発散し、「人間」としてのリアリティがあるかぎり魅力があり、われわれもまた「人間」の一人として彼、または彼女を共有することができるのである。

ずいぶん長く書いた。この偏執は、僕なりの増村保造氏への期待の大きさによる。失礼や妄言はゆるされたい。批評とは、所詮自己の偏見を肉声によって語ることだという。僕は、すくなくとも「肉声」で語ることだけは心がけたつもりである。

映画批評家への公開状

先だって広島に行ってきたが、その広島の市内で、『二十四時間の情事』という映画をみた。時期はずれでセンスのないことだが、この映画をめぐりちょっと書きたいことがあるので書く。

じつのところこの映画については、東京でいくつかの短い批評を読んだりしてはいたが、ほとんどがなにをいっているのかてんでわけがわからず、ただ、ひどく難解ないしろものらしいということしか頭になかった。僕がそれをみに映画館へ入ったのは、要するに街の暑さと暇と、せいぜい広島でヒロシマをみるという興味からにすぎなかった。

みおわって、僕は呆れた。最近、こんなにわかりやすい映画なんかなかった、という気がしたのだ。だが、わかるということは興味がつなげられることにはなろうが、作品の感銘とか良し悪しとはまたべつな話で、僕の判断ではこれはそんなに傑《すぐ》れた映画ではなかった。昵懇の広島の街があらわれてくるのに、人びとが絶えず欠伸《あくび》をし、三々五々ぞろぞろとかえって行ったところからみても、ツマらないこともたしからしい。（原爆のことにふれられるのがイヤなのではない、そんなことには慣れている、ただツマらなかっただけだ、とあとで人びとは僕に答えた。）

たしかに欠点が多いし、専門ではないから大きなことはいえないが、テクニックだってそんなに新しいものとは考えられない。でもこれは「新しい」し、このツマらなさは、難解だからではけっしてない。……気にかかり僕はいくつかの専門映画批評家たちの文章を読みあさって、勝手ながら、猛然と腹が立った。ここで書きたいのはもっぱらそのことについてである。あらかじめ暴言はお許しをねがっておく。

みんな、この作品を「わかって」さえいないみたいなのだ。これではお話にならない。帰京して、ある映画会社宣伝部の友人にあい、僕はその点での「同感」を彼から得た。そして僕は、ほとんどの批評家たちがこれを「反戦映画」とし、ごく一部のヘソ曲りがこれをただの「恋愛映画」とみて、それに異をとなえているということをあらためて教えられた。両方とも、たしかにそうもいえよう。が、僕には、そのような理解など、じつはどうでもいいことのように思える。この映画のテーマが「反戦」にはなく、また正確には、「恋愛」でもないのは明白である。そうして、おそらくそこにこそこの映画の、技術についての論議が成立する唯一の場所、そして問題にし、問題にすべきほとんど唯一の問題がかくされ、注目すべきこの作品の「新しさ」もあるのだ、とシロウトながら僕は思う。

　これは、ある一人のフランス女の戦争経験というものを描いた映画である。テーマは、彼女の内部においての「戦争（第二次大戦）」というひどく文学的なものだ。彼女において「戦争」は、一つの汚されたイノセンス（無実）の記憶である。ドイツ占領軍の兵士との愛に頭を丸坊主にされ男を殺された彼女は、ある真夏の朝、ふいに人類最初の原爆に汚された無実の土地、ヒロシマに連帯する。彼女はヒロシマに自分自身をみ、同時に、かつて彼女を愛し殺されたドイツ兵をみている。彼女は、たまたまそこで知りあった一人の日本人の男を愛する。が、たぶん正確にはこれは「愛」ではない。彼女は男をみてはいない。男の、「君は広島をみなかったよ」という言葉が正しいのと同じように。

　でも、男がなんといおうと、彼女は「ヒロシマ」をみたのだ。光りかがやく一つの記憶、彼女のアルカディアをみたのだ。彼女は、いまは失われた彼女の「汚されたイノセンス」を、肌に感じようとしたのだ。

　男は幻影にすぎなく、幻影と暮すことの不可能は女にもわかっている。だから彼女は別れなければならない。彼女のみた「ヒロシマ」、ヒロシマで彼女のもとめた幻影、それは故郷ヌヴェルにおけるかつての彼女と男との幻影にほかならない。男は、そしておなじ汚されたイノセンスとしての土地、ヒロシマのくれた幻影、彼女の中のヒロシマそのものの幻影なのにすぎない。男の名はヒロシマ。女の名はヌヴェル。……これは、戦争により一つの現実を喪失し、ちがった現実を生きてきた女の物語であり、見方をかえていえば、そのような過去のイノセンスの幻影にのみ執着している傷つけられた女の、はかない自己愛の物語である。

映画としての「失敗」は、おそらくこのテーマが映画として充分に練り上げられていなかったことにあるのだ。技法上の疑問も、たぶんそこに原因がある。しかし、僕がツマらなく思ったのは、ほかならぬこのテーマなのだ。技術的に成功していたとしても、おそらく僕はこのようなテーマにはもはやさほど感動しないだろう。それはいま、僕がそのような自己愛的、自己憐愍的な考え方を、意識的に捨てたがっているせいかも知れない。

しかし、問題は映画がこのような女、人間のこのような孤独の意識を追いはじめたことにある。なぜこのような映画が作られたか、なぜ心理や性格のドラマを捨て、このようなタッチで映画が一人の人間の内奥にカメラを絞りはじめたかにある。おそらくこの背後には伝統的な人間についての概念、現実についての理解のしかたの拒絶があり、それがこの作品の映画史上における決定的な新しさをつくっているのだ。どうして批評家はそこに問題をみつけずにいられるのか。いま、アンチ・ロマンにつきその意味や傾向やをくどくどと書く余裕は僕にはないが、(監督アラン・ルネと協力してこの作品のシナリオを書いたマルグリット・デュラは、いわゆるアンチ・ロマン派に属する女流作家である。)だいたい中年以上の年齢のそのグループの作家たちが、若い二十歳台の映画監督と協力してよく仕事をしているのは、現在のフランスでの興味深い傾向というだけではなく、ある意味では僕らにも容易に、納得できる事情である。べつにスノッブを気取っているのではない。日本もまた一九五九年なのだ。これらの現実に、あの有名なカメラ万年筆説にしたところで、ちゃんと関係をもっているのだ。

編集氏の注文によれば、僕はあのいい気でセンチメンタルな『ぼくの伯父さん』より、『お嬢さん、お手やわらかに!』のほうがはるかに娯《たの》しめたことを書かねばならなかったのだが、どうもそれは今更『隠し砦の三悪人』がツマらなかったというのと同様、あまりにアッタリマエな気がして気がのらなかった。勘弁してもらうことにしたい。

だが、批評家諸氏がくだらない郷愁や権威主義や、古ぼけた固定観念やに引きずられず、われわれと同じ地面に立ち、語りかけてほしい、といいたかったという点では同じことだ。

たいへん生意気ないい方で気がひけるが、映画批評家諸氏はもうすこし自分自身のものとしての現実への繊細さをもってほしい。そうしたら、新しい作品には新しいメスで、というルールも、いやでも、実行されてしまうだろう。

目的をもたない意志
──マルグリット・デュラスの個性

1

僕が、マルグリット・デュラス（どうやらデュラスが正しいらしい）の作品を目にしたのは、「三田文学」昭和34年3月号のアンチ・ロマン特集で、その小説「モデラート・カンタービレ」の全訳を読んだのが最初である。この小説を、かなり忠実に映画化したのがピーター・ブルック監督の『雨のしのび逢い』である。

その間、僕はデュラスがアラン・レネと協力した『二十四時間の情事』をみた。エマニエル・リヴァの扮したその中の「女」と、ジャンヌ・モロオの扮したこの中の「マダム・デバレード」とをいつのまにか僕は比較していて、さまざまなことを思った。

僕の考えでは、『二十四時間の情事』は、エマニエル・リヴァの「女」のイマアジユの内容を構成した映画である。オカダは女の幻影の一つであり、女は、正確に彼女の観念の中でしか生きていない、生きようとしてもいない。その女の自己愛的な偏執を、戦争によって失われた愛、汚された無　実《イノサンス》、という一つの焦点にしぼり、あらゆる映像をそのために配置したのがあの映画である。「女」は、ヒロシマに彼女のすべてを見た。しかし、ヒロシマそのものは見てはいないのである。

おそらくは、ここにデュラスとレネの主張もあったのだと思える。が、『雨のしび逢い』では、デュラスは彼女のこの自己愛を対象化している。――何事もない日々の連続の中で、「相手を殺してしまうほどの愛」の期待に生きているその女に、他人との繋りを断たれている恐怖、精神的な飢渇をみてそれに惹かれて行く若い男が、しだいにそれが彼女の肉体的な飢渇、なまなましい中年の人妻のセックスだけをあらわにして行くのに、裏切られ、傷つけられて行く過程が、みごとにとらえられる。女は、それを知りながら、でも、どうしてもそういう自分の外に出ることができない。……

僕は、『二十四時間の情事』の悪口をいうつもりはない。おそらくほとんどの人は、『二十四時間の情事』のほうをはるか上位に置くことだろう。それは、映画に映画独自の効果や表現や、新鮮なその方法論の実現をもとめるかぎりそうであろう。もちろん僕も『二十四時間の情事』のほうに、映画史上のより大きな価値をみとめる。しかし、味わいという点では、僕には『雨のしのび逢い』のそれのほうが重く、濃かった、という気がする。好みの問題にすぎないといわれればそれまでだが、もしかしたら、それは「オカダ」とショーバンの魅力の差かもしれない。……いずれにせよ、そこにどんな人間がいたか、その人間が僕にとり魅力的であるかどうか、からしか僕の主要な関心ははじまらない。

　オカダとショーバンは、それぞれの映画で、女主人公の相手として登場する男性である。もちろん、オカダ（『二十四時間の情事』）がショーバン（『雨のしのび逢い』）に比しまるっきり影がうすいのは演技者の柄や力倆《りきりよう》や監督の能力の違いばかりではない。直接には作者たちの意図の違いによる。しかし、僕にはそうとばかりはいい切れない気がする。おそらく、それは主題の差、デュラスの原作における、主題との彼女の距離の違いではないのか。彼女における、いわゆる主題の燃焼度の差ではないか。

　いうまでもなく、僕は『雨のしのび逢い』のほうに燃焼度の高さを見たのである。……くりかえすが、僕は『二十四時間の情事』をおとしめる意図はもっていない。それどころかあれはいわばコロンブスの卵的な発見であり、人間の今日的な情況をみごとに統一した主題であり方法であり、映画史に大きな位置を占める傑作であるとも思う。——が、結局、僕はあのとき自分がそれをそれほど面白がれなかった理由は、あの「女」の手ばなしの自己愛、あまりに安易な他人たちへの絶望、そのいい気さが、どうにもやりきれなかったからだと思う。

ああいう人間は「死ぬべき」なのである。そして、アンヌ・デバレードは「死ぬ」。彼女の中の愛についての観念、狂熱のような（しかし、やはりいい気な）自分の中の激情にみずから死をあたえてこの映画は終わるのである。

つまり、一方は自分の幻影の一つと別れるだけなのだが、一方は自分の幻影への偏執そのものに「死」をあたえる。要するに、そのほうが僕に個人的な満足をあたえるだけのことかもしれない。しかし、『雨のしのび逢い』では、そういう幻影への固執に生きる一人の人間へのデュラスの眼が、よりきびしく、より鋭く、現実へのデュラスの理解、人間についての彼女の経験が、はるかに深くひろいものとして僕に感じとれた。いわば彼女の「人間」が、より強度なリアリティをもって存在していたのである。

2

僕は、『二十四時間の情事』の「女」と、この「マダム・デバレード」は、デュラスの中でほとんど同一人物であるように思う。共通するいい気さは、——後の場合、作者がそれを意識しているのは確実だが——デュラスの女性を語っているのだと思う。ところで、だがこういう女性たちが、デュラスの個性的な人物、それもごく重要な人物であるのはまちがいない。(他の小説を読めば、そのことはさらにはっきりとしてくる)僕はここで、デュラスの描くこういう人間たちにつきすこし書いてみたい。おことわりするのが遅くなったが、もともとこれは映画論や、映画の批評ではない。僕はデュラスの個性の内容についてだけ書いているのである。……その視点から見れば、映画『海の壁』は、彼女がまだその個性を充分に意識しなかった時期の小説の映画化にすぎず(その上、原作とは相当ちがうらしい)、『かくも長き不在』は、おそらくは『二十四時間の情事』と同様、そういう人物を自分の中に育てているデュラスに課せられた、一種の応用問題にすぎない。

彼女たちに顕著なのは、要約すれば一種のナルシスムである。一つの自己閉鎖であり、彼女を苛《さいな》み、彼女をおびやかしつづける一つの不在への情熱的な固着である。

彼女たちは、けっして他人を愛さない。現実と、「クゥシエ・アンサンブル」の関係をもたない。それはもてないのであり、彼女の勇気はそのことには適さない。彼女たちの愛するのは、つねに自分の中にある幻影で、結局のところ彼女たちは、いつだって自分自身の裡にある観念にしか、情熱も興味ももっていない。

現実への彼女たちの無関心と放心の表情は、そこからくる。つまり、彼女たちの愛は現実の中にはなく、つねにそれに優先する不在にしか向けられてはいない。彼女たちは、自分の中のその不在の重みに耐え、その不在への激情によって生きつづけている。相手は、その実在性を回復すると同時に、相手としての資格を喪失せざるをえない。だから、実在性を回復したとき、きまって彼らは彼女の目のまえから消滅する。これが、彼女たちのくりかえす愛のパターンである。(『かくも長き不在』にも、このパターンが見られる)

——要するに彼女たちは、きまって思いをとげない。とげられた思いは、彼女にはすでに意味を、存在を喪失したなにかである。彼女が執着し、愛しているのは、じつはいつもこの存在を喪失したなにかなので、喪失したそのなにかへの追慕、偏執的なともいえる執着とその激情、それがデュラスの作品に一貫してながれている彼女の個性である。僕が、彼女の個性につき、「目的をもたない意志」という理由はここにあるのである。

また、こうもいえるだろう。……彼女の描く人物たちは、つねになにかを待ちつづけている。

——僕は、うしろを向いたまま佇立《ちょりつ》している一人の人間の姿を思う。背後から、黄《こう》濁《だく》した河のような時間が、佇立したままのその人を逆に前へ前へと動かすようにあらしく流れ過ぎて行くがしかしその人は前にもうしろにも、どこにも動き出そうとはしない。ただじっと同じところに立ち、けっしてその時間の押し寄せてくる方向には顔を向けない。まるで過去にのみ求めている真実の「生」があり、はるかなその故郷の記憶だけを眺めているみたいに。またかだれかがふいに肩をたたき、前に振り向くことができる未来がやってくるのだけを、我慢してじっと待ちつづけているみたいに。

……

だが、その人の期待は永遠に果されはしないだろう。なぜなら、その人の目ははるかな喪失の記憶、一つの不在だけにしか視力がない。そして、もはや二度とあらわれないその記憶だけを待っているのだから。失われたアルカディアが、未来からその人に到着するのだけを待っているのだから。……

あきらかに、これはトロ・ロマンティックな態度であるといえよう。デュラスを、いわば観念的ロマンティシスムの作家であるという理由である。結局、彼女の人物たちは、いつも現在を拒絶し、一つの不在への情熱だけを生きているのである。……おそらく彼女の通俗性——抒情性は、この態度からうまれる。

同時に、ここには明瞭に一つのファナティスムがある。作者自身がそのファナティスムである、ともいえるだろう。（ときどき、デュラスはそれを狂気と呼ぶ）しかし、このファナティスムは、空っぽなそれではない。ぎっちりと実質がつまっている、とすくなくも僕は思う。

3

デュラスの人物は、では、いったいなにを待っているのか。……いわば、彼女の人物は、あるいは突然ドアが開き、光にみちた世界が自分を包む一つの生誕に似た瞬間、現在の自分からのそういう脱出の瞬間、あるイノサンスな瞬間、そのままでの他者との完全な合一の瞬間、完璧な愛が自分とだれかとをつなぐ瞬間、それらの瞬間を、それらへの絶望とともに待ちつづけている。（この完璧な愛のイマアジュは、J・P・サルトルの有名な「完璧な瞬間」のそれに酷似している）それへの到着も、それが到着するのも、ともにありえないと知りつつ、しかし待ちつづけることをやめない。しかもその人物は、けっして動き出そうともしない。デュラスの人物は、——ここではデュラスその人といっていいが——敗けるにきまっている勝負しかしないのである。

彼女は動き出さない。隔絶と絶望の中で、けっして動き出そうとはしない。動かないことが彼女の勇気である。なぜなら、繋りを断たれた恐怖の中で生き、どこにも逃げ出せない自分に耐えることがデュラスの理解する人間たちの情況であり、現実であり、その中で彼女が「生きること」だからである。

つねに、彼女は動き出さない。彼女をとりまく現実を、ちょっとでも改変しようという努力すらこころみない。

彼女にとり、現実を改変しようとすること、それはこの現実の中で、自分の希望と現実との折り合いがつく可能性を信じることにひとしい。彼女はそれを信じない。彼女は、自分の希望の実現が、この世の中ではありえないのを自覚している。ほかならぬその自覚こそが彼女の存在を支え、彼女のファナティスムを支える力である。と同時に、そのファナティスムの目的でもあるのである。——この世の中で自分がより安楽になりうるという幻影、その可能性を信じるのは、結局、小刻みな妥協と欺瞞のうちに、彼女自身を喪失し、彼女のすべてをこの現実の中にゆだね、解消してしまうことだ。彼女の精神は、つねにきびしく自立しようとする。彼女は、だからこの世の中に、自分が望みを達成する可能性があること、その可能性を信じることに賭けるのさえ、自分にゆるさないのである。

彼女の人物たち──ことにヒロインたち──は、だから、いつも同じところに立ち、なにもせず、動き出さず、同じような現実による敗北、同じような屈辱と徒労をくりかえすことだけをえらぶ。もしかしたら、彼女たちの現実は、その予期された敗北にしかないのかもしれない。彼女たちは、そろって、敗けるにきまっている勝負をくりかえすことで生きつづける。……

くりかえせば、彼女の現実は、いつも彼女の理想の裡にしかなく、その理想は、つねに厳密に、存在しない空間にしかない。逆にいうと、彼女は存在しない空間にしか、完全な自分の実現をみてはいない。現実の中で、その不在への激情だけを生きようとする彼女にとり、現実は、その彼女におそいかかる不断の「敵」以外のものではない。彼女がつねに怯え、苦しめられ、けんめいにそれを拒み、脱出を夢みてもがきつづけている対象、それが「現実」である。彼女は拒み、もがきつづけ、その努力とファナティスムの中に、かろうじて生きていることの自覚をもつ。現実との媾和《こうわ》をはかることは、それじたい彼女の「死」なのである。

──他人とのつながりを断たれた恐怖の中にあって、つながりをつくろうとする以外に、なしうるどんなことがあるだろうか？　だが、デュラスの作品では、孤独、不動、卑怯、ナルシスム、挫折、がつねにそのテーマであり、心からその状態からの出発をのぞみながら、しかし彼女の作品は、結局はそういう状態以外のなにものも信じない意志のドラマである。それは、きまってそういう彼女の内面と、外界との交渉のドキュメントとなる。たとえばアンヌ・デバレードのように、たえず生きていることの負担と絶望の中で喘ぎ、自失したような疲労の表情の下で、ある開放と遍在の瞬間がくるのだけを情熱的にのぞみながら、彼女の人物は、けっして死ぬことも動き出すこともしない。……彼女は、死ぬことも動き出すこともムダであり、自分のもとめるのが、自分の夢想の敗北であり挫折であり現実への苦い屈服というかたちでの「生」の感覚の充実でしかないのを知っているのである。人生には挫折しかなく、人間はそれをくりかえすことによってしか、生命に参与できない、とでもいうみたいに。

情況の変革は気休めにすぎない。人間には出口はない。生きている人間には、絶対にこの世の中からの解放や脱出はありえず、他人との完璧な「愛」の関係も、現実にはすべて虚妄にすぎない。生きることは、しかし、つねにみずからの不在、その「完璧な瞬間」にいる自分だけをみつめながら、生きていることの恐怖に、ただじっと耐えていること以外にはない。それ以外に、人間の勇気はない。……

僕は思う。おそらくはこれがマルグリット・デュラスの、ただ一つの「現実」であり現実への彼女の「理解」である。つまり彼女の個性であり、そのファナティスムの中味である。彼女には、たぶん彼女の人間についてのその経験を、さらに深めて行くことしかない。それが彼女の内面と外界との往復運動の、その振幅をさらに大きく、ゆたかにすることになるのだろう。

どうやら場ちがいな文章を書いたようで恐縮だが、『雨のしのび逢い』にもうかがえるこの孤独は、はたして大酒のみのフランス人の小母さんや、独身者や、ブルジョワ階級だけのものだろうか。この作品は、僕に、興味と共感のうちにその興味と共感の限界をおしえてくれるような映画だったが、でも問題を「他人との繋りを絶たれた恐怖」にかぎるかぎり、現在、あらゆる階層、あらゆる国の人びとにも、そのテーマは共通しているのではないだろうか？

『情事』の観念性

『情事』は、どうやらたいへん評判のいい映画らしい。「傑作」とか「名作」とか、ベスト・ワンだとかいう声が飛び交い、映画評論家のある方などは、これを見たらもうしばらく他の映画なんか見なくていいとおっしゃり、四、五回も試写室に通っていらっしゃるのだという。が、そのくせそのベタ讃《ぼ》めのご当人たちに聞いてみると、じつはね、よくわからないんですがね、ハッハ、と笑い、イヤ、シンの疲れる映画ですな、肩がコリますな、とおっしゃる。これは、どういう事情なのか？

肩がコルのがたのしいのだったら、アンマさんは失業である。まさか、肩がコルからいいわけではあるまい。肩のコッたのをムリに無視してまで、どうしてホメる必要があるのか？　――でも、こういうことをいうのが素人の素人たるところらしく、だってアンタ、現状ではね、やはりあれはいいといわなくちゃならないんじゃないの？　やはり、いいといわざるをえないんだな、とカラメ手からくる。そして、人によってつけ加える。ただね、左翼の人はあれを買わないらしいけどね。……僕は困惑する。九チャン流にいえば、と、こう来ちゃう、困ッテシマウ、バンザイ、というところである。

映画の現状なんて知らないから、そういわれればそんなものかな、と思う。それは僕だって、教室にならんだ小学生よろしく、いい映画だと思う人は手をあげて、といわれたら、この映画のシャシンの美しさへの手前だけでも、「ハイ」と片手くらい上げるだろう。が、はたして批評とは、そのように自分を任意の「一票」に任してしまうことでしかないのか？　映画そのものへの感想より、「映画の現状」とやらへの義理立てを、優先させてしまうことか？

むしろ、僕はそのような「玄人」たちのやり方にこそ、「映画の現状」を停滞させる原因、それを改革したり越えたり、という努力と自信の不足をみる。結局、彼らは作品そのものより、バクゼンとした「映画の現状」とやらにつきあっているだけの話であり、つまるところ、そっちのほうを大切にしているので、だからこそ、いい映画は、たとえその萌芽があったところで鍛えられず、したがって育たないのである。

――と、まあ、こういう暴言を吐けるのが素人批評のミソであろう。僕としたら、「いい映画」・「面白い映画」を見せてもらえれば、文句はないのである。

ところで『情事』だが、正直にいって、僕はこのカメラのしつっこさに閉口した。方法としてそれがよく理解できたところで、閉口したことにかわりはない。結局、僕がケチをつけるのはその点に関してなのだと思う。

これは、ひどく観念的な映画である、というのが僕の「理解」である。『情事』の特徴は、一にも二にも監督ミケランジェロ・アントニオーニの観念性にある、という気がする。

もちろん、観念的とは、イコオル難解ということではない。「わけがわからない」というのが、この映画への一つのひそやかな合唱のようだったが、その、わけのわからない部分というのはどこか。僕には、むしろそのほうが「難解」であった。

僕は、なにかというとすぐ「お手伝いさん」の反応を気にする発想がきらいである。だいいち「お手伝いさん」とは、「女中」の偽善的な呼名であり、一つの職業名にすぎないのに、それを知能程度や人格の規定に使用し、おソマツなミー・ハー族の代名詞とするのは、ひどく無礼なことだと思う。が、どうやらその反応をデータにするという風潮か習慣があるらしいので、僕も知人の女中にこの話をした。ストーリイを紹介してみたのである。――ある女が失踪する。その愛人の男と、女の親友である女とが、いっしょにその女Aをさがしまわり、そのうちに二人ができてしまう。女がなんとなくその男と結ばれたと思ったある夜、男がかえってこず、翌朝女Bがさがすと、他の女Cと寝ている。女Cは泣き、男も泣く。

この女中さんは、ハナビシ会（長谷川一夫氏の後援会）に加入していて、氏を「センセイ」と呼ぶ愉快な若い女性だが、言下にこう答えた。「あら、そんなの、ザラにある話じゃありませんか。うちの田舎の近くでも、そんなことがありましたよ。でも、つまらない話だと思って、たいして気にもしないでいたけど」

つまり、このストーリイには、「女中さん」にもよくわかる現実性があるのである。賢明な試写会族氏にこの現実性がわからない理由はない。すると、「わからない」のは？

たとえば、アンナが島から姿を消したその「方法」がわかんない、だから全体がシックリ胸にこない、という意見がある。これはもっとも愚劣な疑問で、その「方法」についてては、アントニオーニは、くりかえしそれが、わからないことを主張しているではないか。サメを使い、船のエンジンの音を使い、聖書を使い、薬屋を使い、……いつもどっちにもとれるように、彼はそれが「わからない」ことであるのを強調する。ああまでコッテリしつっこくやられると、いやになっちまうほどで、ことに密輸船の連中を追求するあたりは滑稽な感じすらしてくる。要するに作者としては、アンナに突然の失踪をさせさえすればいいので、当方は、つまりその「方法」はわからないのだ、と「わか」ってやればいいのである。……このことに文句をつける人は、作者の設定に文句をつけているのであり、それはなぜ『いとこ同志』の都会の青年に、田舎もののイトコがいたか、『モスラ』にあんな蛾《が》の化け物が出てくるのか、とカラむのと同じ理屈になる。

では、アンナの失踪した「理由」は？

これがわからないから困る、という人は、捕物帖でしか満足できない人種である。つまり、人間及び人間社会におこるすべての事象に、説明のつかないものはない、と固く信じている人種か、または人間の不思議さ奇妙さに、簡単な理由づけをしてくれるのが「芸術」である、と主張したい人種である。

僕は、この種の疑問をもつ人は、アントニオーニがわざわざ冒頭に設定した「説明」を思いかえすべきだと思う。つまらないわ、とベッドの上で呟くアンナに、サンドロが、なぜ？　と問う。するとアンナは怒ったように目を吊り上げ、「何故？　何故？　何故？　何故？」といら立って反問して、ヒステリックに拳で彼を打とうとする……たぶん、これが作者の用意したもっとも簡単な、手はじめの回答の一つなのだ。

作者は、いっさいの「何故？」を拒む姿勢を、このあたりから明らかにしている。――たしかに、なぜ？　と訊ね、もっともらしいその説明を得たところで、現実になにが変ったり解消したりするのか。どうせなにひとつ変わりはしない。だからアンナは拳をふりあげ、その問いの空しさと、その問いを発する男との遠さにいら立つのだ。（彼女のこの現実への理解は、いつのまにかサンドロにもうつっている。後半で、こんどは彼がクラウディアに「何故？　何故？　何故？　何故？」といいかえすシーンがある。）

人間は、それが何故かを知った上で、生きたり、愛したりするのではない。いいかえれば人間は、結局のところ、各自の説明不可能な部分、説明を拒む部分でのみ、生き、他人を愛するのだ。生きること、愛すること、だから、それにはもともとなんの理由もない。――だが、その理由のない存在である自分に、やはり理由もなく誠実になり、そういう自分をしか生きられないからこそ、人間は、それぞれの理由のない不幸を生き、一人ずつそれに耐えねばならないのだ。……アントニオーニのこの映画は、人間についての彼のそのような理解から出発し、終っている。彼はこの映画で、彼のそのような「哲学」を、彼のそのような「哲学」にしたがって、描き出そうとしている、と僕には思える。

アンナは、……いや、この映画の主要人物のすべては、ほとんどいつも「一人きりの目」をしている。そして、まるで未知の異様な物体をながめるように、ときどきまじまじと相手を見つめなおす。――かれらは、まるで床に撒かれた小豆粒の一つ一つのように、それぞれが単独な「個」でしかなく、いくつかの「物」としてたがいに存在しているのにすぎない。かれらにとっては、「愛」もまた、その「物」と「物」の関係を越えるものではない。……

試写室で渡されたパンフレットによると、まるでサンドロが浮気者で、無気力で（それは多分にそうだろうが）、その愛が不確実なのを――とみに愛情が薄らいでゆくのを、と誌してある――アンナが嘆いているようにとれるが、僕にはそれはいささかマユツバものの解釈の気がする。アンナが行方をくらますまで、サンドロはサンドロなりに申し分なくアンナを愛しており、アンナもその彼の誠実がわかっているからこそ、絶望的になったのではないのか？

言葉にうつすとはなはだヤヤコシイことになるが、つまりアンナは、サンドロにというより、自分に、――より正確にいえば、サンドロへの自分の愛に、絶望しているのだ。

彼女にとり、「愛」は、自分とだれかとをつなぐ透明なネバネバみたいなものではなく、自分の「個」を幸福に解消してくれる力でもない。彼女にはそんな「愛」が信じられない。アンナは、だから自分の「愛」が、正確に自分一人にしか属さず、現実のサンドロと自分とを一つにくるんでくれないことにいら立ちつづけている。一人きりでいるときしか、サンドロは自分のものにならず、愛することができない。現実のサンドロは、彼女の中の恋人としての彼の幻影をうちこわし、同時に、さらにその幻影に新しい活力をあたえる一箇の他人でしかない。アンナは、別れたいと思う。が、彼への自分の愛、理由もなく彼女の裡にあって、彼女を生かしているその「愛」は、彼女自身どうにもならぬ力であり、それを否定することは、彼女自身の生命を断つことにひとしい。現実のサンドロを見ているとき、いよいよそれが自分一人のものであることが明らかになるのに、しかし、その愛はもはや取り替えがきかないのだ。……

愛は自分一人の、自分でもどうにもならぬ一つの力であり、それは取り替えがきかない——これは、『さすらい』でも見られたアントニオーニの主題である。(友人の坂上弘は、メロドラマという言葉を聞くたびに、この『さすらい』を思い出すという。たしかに、ここにはガンコに自分の「愛」に固執する男女と、そのスレチガイがある)。現代においては、「愛」は人間を結びつけるものではなく、それぞれが理由のない各自の生命を生きる個々別々な存在であることを明らかにする、一つのファナティスムにすぎない。それぞれの愛に誠実になればなるほど、人間は、おたがいが断絶した他人どうしであり、おたがいの間隙を吹く外気をよけいつよく感じとるばかりなのだ。……僕には、どうやらそれがアントニオーニの「愛」についての定義であり、「観念」であると思える。おそらく、ここに彼の、「人間」にたいする、また「愛」にたいする、トロ・ロマンティックな態度の証明がある。

彼にとって、愛はおたがいのあいだの「信頼」ですらなく、他者と自分とを一つにくるむような「錯覚」でも「誤解」でもなく、したがって、そこにどんな連帯の夢想もよろこびも保証してはくれない。あらゆる「幻影」を幻影とし、あらゆる欺瞞を「欺瞞」としてきびしく拒む以上、結局、人間どうしは、個々の物体のような他人どうしとして、おたがいに一人きりの愛、一人きりの自分に耐え、その耐えることの共通の中に、わずかに共生感を感じとることよりない。つまり、いっしょに理由のない個々の存在としての自分に耐えることの、その仲間意識以外に、人間は人間とは結ばれえない。『情事』においてアントニオーニが描いたのは、要するに、以上のような「人間たちの風景」であるにすぎない。朝のベンチに坐って泣くサンドロと、やさしくその頭を撫でるクラウディアは、それまでの二人の激情的な愛の甘く透明なつながりが、すでに虚妄であることにはっきりとめざめてしまった彼らの、それぞれの「自分」に耐える姿勢である。……

僕は、いささか「文学的」、「観念的」な解釈をしすぎているだろうか？　しかし、僕にとってこの映画のリアリティは、以上のような「観念」のリアリティ以外にはなく、その解釈なしにこの映画は、ことにこの映画の、「女中さん」流にいえば、「つまらない話」をえんえん二時間にわたって描きだした長さは、まるで意味のないものとしかとれない。

――もちろん、なにも僕はこの映画に、「長すぎる」などという単純ないいがかりをつけるつもりはない。アントニオーニにとり、『情事』はとにもかくにもこれだけの時間が要ったのであり、それにはそれなりの理由がある。

その理由は、僕の考えでは彼のカメラ・ワークであり、小説的にいえば文体（スタイル）である。（「玄人」諸氏にとっての好評は、もっぱらこのカメラ・ワークの「新鮮さ」を、高く評価されたことによるのではないのか？　――これは臆測にすぎぬが。）

見ているうち、僕は各所で最近のある種の小説――アンチ・ロマンの、たとえば

「嫉妬」の、トリヴィアリズムを連想した。人間を、「物」として扱う態度そのものではない。人間が「物」と「物」の関係に置かれるのは、日常的な次元であり、その日常的な生活・事物への微視的な正確さ、遅々とした、しかし着実な、秒針の刻みだけが聞こえてくるような時間を、精密に、かつ濃密にとらえることなしに、この「物」と「物」との関係としての日常の中の「人間」を表現することはできない。——『情事』のカメラは、まさにその方法の意識に支えられているのだと思える。

いわばアントニオーニは、『情事』において、カメラもまた登場人物と同じ日常の中に置かれている一箇の「物」として扱う。このカメラの偏執的な執拗さ、と同時にいっさいを一つの静止の中に定着させて行くような印象、そしてこの映画の長さは、ここに理由がある。僕がさっき、彼の「哲学」を、彼の「哲学」にしたがって描き出した、と書いた理由もここにあるのである。

……たとえば、ヌーヴェル・ヴァーグのカメラに共通しているのは、いっさいを作者のイメージとして描く手法である。ときにそれは作者の主観を展開し、ときには写されている連中のドラマに参与して動きまわる。いずれにせよ、それは作者の内面を語りかける手法である。……が、『情事』のカメラには感情がない。いわば内面と外面の区別を失くしている一箇の「物」としての主体しかない。位置とレンズがあるだけで、作者もまた「物」に化しているのである。誤解を避けるため一言するが、これは記録映画の手法とはまったく異質である。記録映画は作者のイメージと、「発見」の感情と、その主張をうつし出す映画である。（その点でヌーヴェル・ヴァーグの技法に関係をもつのである。）

二人の人間は、日常の中ではたしかに二箇の「物」であろう。が、アントニオーニは、「物」と「物」の関係に見立てた（と、あえていう）人物たちを描くのに、カメラもまた「物」の位置に置いた。いっさいが「物」としての視点であり、それが観客にも、いつのまにかそれぞれが個々の「物」でしかないのを強調して、登場人物との「物」としての仲間の意識にさそう。そのような共生感しかないのだとおもえる。おそらく、これが彼の意図であろう。

しかし、と僕は思う。たしかに日常の中の僕たちは「物」的ではあろう。そんなことくらいわかっている。しょっちゅう感じている。同時に、人間が本物の「物」になれるのは、死ぬときだともわかっている。でも、いったい、それがどうしたというのだ？　ここには僕らの日常的な現実の感覚はあろうが、その日常的な現実を越えるものがないのだ。（これはリアリズムへの、というより、裏返された彼の観念的なロマンティシスムの、その内容にたいする不満である。）僕は「物」への移行をロマンテイシスムに生きたいのではない。むしろ「物」的であることからの脱出をのぞみ、そこに「人間」の意味をみつけているのではないのか? 作者のこのような「理解」、このような認識をおしつけられて、それでどうだというのか? 人間は、日常の時間以外の「時間」がないとでもいいたいのか?

――僕は、このアントニオーニの「理解」に、一つの悪しき文学性、一つの無気力な固定観念の匂いを嗅ぐ。さらにいえば、作者の抽象絵画的な発想に似たものによる認識、スタティックな作者のすでに理解したことの内容が、いささかの画面や構図の美しさにたよりながら、執拗な手つきで「再構成」されているのにすぎない、とすら思う。たしかにこのテーマは、映画によってなかなか効果的にはなっただろう。が、それだけでどうしてこれが「映画的」な「映画」なのか? ……どうして、これがい「映画」なのか?

ちょうど今月号の他の映画雑誌に、僕は文学は「文学」であり、映画は「映画」である、という主旨の小文を書いた。映画屋さんは「映画」であることに、もっとデンと腰を据えていただきたい、というのがその結論である。が、残念なことに、僕には、この『情事』が、真に「映画的」な映画である、とは感じとれなかった。僕には、これは「映画的」というより、むしろ哲学的・文学的な発想と態度による、作者の観念の「映画化」にすぎぬように思えた。

もちろん、僕はこの映画の相対的な価値を認めないとはいわない。だが、僕にはこの映画は、「映画」のいわば過渡的な作品の一つとしかどうしても感じとれない。……人間を「物」と見立て、「物」として描きぬいたことに、たぶん作者の発明と才能とがあり、また、映画がそのための有効な手段だということを認めても一向にかまわないが、ただそれだけでどうしてこの作品に随喜《ずいき》のナミダをながすことがあろう。僕は「映画」という「芸術」の一ジャンルを、もっと大きな可能性をもつものとして見ているのだ。

べつに、みんながホメルからケナすのではない。僕は僕の印象をなるべく正確に語ろうとしただけのことだ。肩がコったので文句をつけているのでもない。肩がコるからといってそれをいけない、とか、つまらないとかいうのはナンセンスである。そういうものにはそういうものの面白さがあるので、もちろん僕はそれを否定しない。しかし、せっかく肩をコらせた以上、それだけの感動をもらわなくては引き合わない、と考えるのは自然の人情である。肩がコったり、強引に引っぱりまわされたりすること自体がたのしいのなんて、マゾヒストのいいぐさである。つまり一つの倒錯にすぎない。すくなくとも、僕にはどうせ同じように肩がコるのだったら、たとえばチエホフの全集やバルトの教会教義学を片っぱしから読破することのほうが面白いし、感動も収穫も多い気がするのである。

でも、とにかくアントニオーニは、僕に一つの今更ながらの教訓を想起させた。それは、「観念」を描くときは、その「観念」の崩壊するダイナミックス、そのなまなましさをとらえないかぎり、いくら手法までその「観念」に忠実であったところで、結局は一つの理解の押し売りにしかならず、芸術的感動をあたえ得ない、というごく単純な、アタリマエの理屈である。――ところで、たいていの映画批評家諸氏はこの映画を一回以上みていられるようだが、僕は、あらためてこれをくりかえして見た、という人の忍耐に感嘆する。そして、おそらくその方たちは、ふだんよっぽどつまらない芸術作品にしか接していないのだろう、と思う。……これは、『情事』に酔いも眩暈《めまい》も感じられなかった僕のヒガミなのだろうか?

中途半端な絶望
——アントニオーニの新作をめぐって

はっきりいって、僕には『情事』以後のアントニオーニの作品はつまらない。つまらないといっては大げさなら、『情事』『夜』『太陽はひとりぼっち』の三作とも、僕にはたいして面白くなかった作品、としかいえない。この次こそ、という気分でつい見に行ってしまうのだが、やはり失望して帰ってくる。この雑誌の編集部に見せてもらった『夜』も、残念ながら同じ経過をくりかえした。

どうやら、これは僕がアントニオーニの良さというものに無感覚なせいだろうと思う。いや、むしろ僕は『情事』以後の彼の作品には、すくなからぬ反撥さえおぼえたりする。だから、冷静に彼の作品の良さを吟味するためには、僕は不適格者である。結局、ここで書くことは、いかに自分が不適格か、ということの註釈にならざるをえないだろう。

あらかじめそのことをお断りしておく。不適任者の放言を読みたくないお方は、ここで読むのを中止していただきたい。

もちろんその僕にしたところで、アントニオーニの画面の美しさは認めるし、相対的に彼がすぐれた作家であることも理解できる。ある意味で、彼をエポック・メイキングな映画作家である、とする説にも一応はうなずくことができる。モニカ・ヴィッティの良さも、大いに感じている一人である。いくつかの印象ぶかいカットやショットにつき、いちいちその面白さや技術のすばらしさを言葉で精細に再現することも、やってできなくはないと思う。だが、僕はその作業には、まったく気がのらないのだ。僕には、彼の『情事』『夜』『太陽はひとりぼっち』は、根本的にせいぜい「インテリの女性向き映画」にすぎないという気がして、そのムウドにどうしてもなじむことができない。……といって僕はべつにインテリ女性を軽蔑する気持ちはなく、こんなことをいうのはたぶん僕がインテリでも女性でもないからかもわからないし、この考えも僕の偏見にすぎないといわれれば、ことさら否定する気もない。

彼の作品では、僕の知るかぎりでは『さすらい』がいちばんいい映画だったと思う。これは僕が映画につき、ひどく保守的な考えしか持ち合わせていないせいだといわれるかもしれない。が、僕にはそんなことはどうでもよく、それは『さすらい』が、たんにいままでの《映画》という常識、固定観念の中にあるからというより、僕にとって、そこにいちばん自分の発見したテーマに深く身を入れたアントニオーニが感じとれるからだ。

この《テーマに身を入れた》ということについての説明はむずかしいし、書けばいくらでも長くなりそうだが、そこにはもっとも強烈な、新鮮な、ピチピチした、採れたての魚のような作者の自己発見が感じられた、といい直してもよい。もっとも緊張し、全身のすみずみまでを投入した、生きている作者の精神の充実があった、といってもよい。――最初の作品だからさ、などというのは理屈にならない。いい作品には、つねにこうした充実した鮮度がある。そして、くりかえしそのような《いい作品》を提供してこそ、作家は、より傑れた《いい作家》になりうる。

異論があるのは承知している。しかし、あとの三作にいくら部分的な良さが感じられたところで、僕は自分のこの印象を、やはりどうしても動かすことができないのである。

アントニオーニの特徴は、人間をその《関係》でとらえているところにある、というのはじつは無意味な言葉である。どんな映画だって、人間をその《関係》の中でとらえている。何故なら人間は、いつだって《関係》の中にしかいないからだ。この言葉はだからこういい直すべきだろう。……人間は、いつだって不特定多数の《関係》の中で暮らしている。彼は、その不特定多数の《関係》にとりまかれた人間たちを、つねに一対一の関係に置換し、その視点からのみとらえることに固執している。——だが、じつはこれでもまだ充分に正確だとはいえない。僕の考えでは、アントニオーニの特徴は、そのような一対一の関係にしぼられた人間の《関係》そのものへの、焦点のあてかた、その傾向性にあると思える。〈その関心を映画の中で真正面から定着しようとしたこと、映画作家としての彼の独自性はそこにあるというべきかもしれない。〉

彼は、人間が《関係》の中でもつあらゆる幻影を排除しようとする。まるで『夜』の中で混血のストリップ・ティーザーから一枚ずつ衣裳を剝いでゆく黒人の大男みたいに、彼は彼の登場人物たちから、かれらのまとっている習慣やルールや言葉、また人間の癒着や連帯についての幻影を奪ってゆく。

完全に幻影をもたない人間、あるいは幻影を信じない人間、それは《もの》になった人間である。その意味で彼は登場人物たちをしだいに《もの》にしてゆき、あるいは、はじめから《もの》として扱う。だから、彼のとらえた《関係》は、つねに《もの》と《もの》のそれに近づき、彼の人物たちはいつも《一人》と呼ぶより《一箇》

と呼ぶほうがふさわしい存在になってしまう。……

このことを面白がる人がいても、それは当人の自由である。が、僕はこのことが、まさにこのことが面白くない。何故なら人間は、つねに《関係》そのものと有機的な関係をもっている存在でしかなく、死なぬかぎり絶対に《もの》にはなりえないからである。たしかに人間には《もの》的な側面がある。だが、生きているかぎり人間は絶対に《もの》にはなりえず、《もの》に収斂してゆこうとしている人間は、僕には《死》を希望している人間のように思え、まったく興味がない。そこに生じる抒情味も、僕にはただの夢想の挫折による感傷としか見えない。

《もの》になったふりをして自己を閉ざす人間、自己を《もの》にしてゆく人間、それは女々しく卑怯な人間であり、生きることの煩わしさから逃げだしたく〈煩わしくなく生きることができると思っている！〉ありもしない完全な孤独の幻影に執着して、つまりは自分の無気力に淫している怠惰な感傷家にすぎない。——そういう人間がいないというのではない。そういう人間は僕には魅力がないというのである。僕には、彼らの、結局はアントニオーニの、その絶望の中途半端さが気にさわってならないのだ。

どうせなら、もっと徹底的に絶望してくれればいいのである。そうしたら人間の人間としての魅力は、自分が自分以外の誰でもないという条件の中で、自分と他人とをつなぐ幻影を、必死につくりだすその勇気と能力の中にしかない、ということになりはしないか。《愛》にしても、人間たちの秩序、ルール、習慣にしても、すべて人間の、人間の不条理さへの確認と、その絶望から生れたのだ、と考えられはしないか？

僕は、同様に人間の《関係》そのものに焦点を合わせた映画ならば、たとえば『私生活』を除くルイ・マルの諸作、『雨のしのび逢い』〈さがせば他にいくらもあると思うが〉のほうが、はるかに面白く思える。それらにはたとえ僅かであり、また挫折するものではあっても、絶望のはての勇気、みずからの手で幻影を生もうとする努力があり、それが僕になにかを《発見》させてくれるのである。

さらにいえば、彼の関心が《もの》としての存在たちに集注される以上、彼のカメラはひどく動物的にならざるをえない。それは人間たちの動きを《もの》のそれとしてとらえ、人間たちの構成する社会をたんなる風景に還元して、人間を風景の一部にする。僕の印象では、他の、あらゆる人間たちの消えた風景が彼の原イメージであり、だからこそ彼の人物たちは、荒涼たる無人の風景を脊にするとき、もっともたしかな手ごたえをもち、彼のカメラももっとも冴えをみせる。おそらく、彼は意図してこの効果を再三使用している。それは都会の中に廃墟を発見し、いや、それは都会を廃墟にする。――

僕はここにもひっかかるのである。廃墟は社会の原型ではない。人間のいない風景は、二人以上の人間の存在によって構成される《社会》の代替物にはならない。彼の人物たちの背後にはだからレアルな社会はない。彼ら、そしてたぶんアントニオーニが背負い、よろめいているのは、じつはどこにも存在しえない抽象的な空間、夢想のなかにしかない無人の土地にすぎない。

『情事』以後の三作については、僕はそこに彼の本質的な変化、《前進》があるとは、認めることができない。すこし前にもどるが、むしろ、僕には彼ミケランジェロ・アントニオーニが発見し、《身を入れた》はずの切実な彼のテーマが、この三作の中でしだいにその濃度を薄くし、彼が人物や状況の組合わせをいろいろと替え、同じものをたしかめることにのみ熱中しているようなのが気になる。

『さすらい』でそこに生きた彼を感じさせた彼のテーマは――彼の人間についての理解といってもいいが――いつのまにか彼の固定観念じみたものに凝固してゆき、彼はあれいらい、じつは根本的にはなにひとつ《発見》してはいないのではないだろうか、とさえ僕に疑わせる。

動物的なその画面の美しさを支えに、技術的にはたしかにすばらしい成長を、――というより、みごとな洗練を示している。が、僕はここで彼のフォートジェニイがどうだとか、ラヴ・シーンがどうだとかを云々する興味はない。それらの画面を支えているはずの彼のモティーフに疑問があるからである。だいたい、人間たちがたがいにわかりあえず、AがBではなく、おたがいが一体に化したような《愛》の時間がすぐ消滅してしまうなんて、あたりまえの話すぎはしないか？　こんなことにいちいち《感動》なんかしてたら、人生はそのままでもそれこそ充分すぎるほどの《感動》の連続になってしまう。彼に強調されるまでもなくそんなことは百も承知で、すべてはそこからはじまるのではないのか？　〈だから僕は、彼の《愛》の定義に、シニカルな疑問さえもつのである。〉

――でも、たとえそれがいかに月並であっても、それが彼自身のテーマであり、モティーフであることは一向にかまわず、その平凡さが傑作を生まない理由にはならない。くりかえすが、僕の困惑するのは『情事』以後の三作が、すべて本当に彼が彼のテーマにとりくんだものというより、すでに鮮度を失い、死んだ魚のように固化しかけたそのモティーフをもとに、彼がいっさいをどう表現しようかということにのみ腐心しているみたいなこと、この三作が、僕の目には、もっぱら彼が彼のロマンティシスムを技法にのみ集注して、そのほうに彼自身の比重をかけた作品としか、どうしても見えてこないことだ。

したがって、枝葉の面白さは、正確に枝葉の面白さにとどまる。なまじいくつかのカットが美しいため、僕はよけいいらいらして、一種の欲求不満におちいる次第となる。

それともう一つ。枚数がないので簡単に書くが、『情事』以後の三作では、いわばアントニオーニは、人間たちを彼のロマンティックな固定した決定論のギニョオルとし、かれらを外側からの《一口ばなし》の中に整理しているように思える。三つの作品は、簡単にいえば三つのムウディッシュなコントなのだ。しかも、ものすごく長くつまらないコントにすぎない。……僕は、この点にも彼の中途半端さを感じてしまうのである。

とはいえ、僕はなにも彼に波瀾万丈の物語を求めているのではない。また、ムウディッシュなコントしか読みとれなかったという位置に立って、彼を弾劾したいのでもない。彼の作品がコントふうにしかまとめえない人間の関係への視点に膠着していること、つまり《もの》としての人間のとらえ方への彼の誠実さのため、彼がまるでビリヤードの球のように、外側からしかそれを動かすことができなくなっていること

〈どうやら彼はそれを《ドラマ》と呼んでいるらしいのだが〉、このことに僕は不満をもつのである。……もちろん、たくさんの映画の中にはこういった作品があったっていいではないか、という声は聞こえる。だが僕のいいたいのは、それとはぜんぜん立場のちがう声、いわば僕自身のテーマが語る声だ。

たしかに、彼が彼のモティーフに忠実なあまり、人間についての幻影によって織りなされるいわゆるストーリイを拒否したことはわかる。が、僕の考えでは、《愛》や《ルール》や《政治》などと同様、《ストーリイ》もまた人間が結局のところ一人ぼっちでしかないという絶望から逆に生れたのだ。いや、そのような人間についての認識の深みから生れたものであってこそ、はじめてそれらは意味と価値とをもつ。アントニオーニは、不条理でかつ単独な生命体としての人間の中に、あるいは人間たちの中に〈一例として『死刑台のエレベーター』をあげてもいい〉、かれらをより充分に発展させ、生かし、表現するためのストーリイを、そろそろ積極的に発見しその価値を再認識すべきではないのか。人間がひとりぼっちであることへのスタティックで曖昧な観念的な詠嘆を重ねるより、それによって一人ぼっちである人間を、より効果的に、より具体的に、表現すべきではないのか。いつも同じ詠嘆に止まらずに、彼は、もっと勇敢に人間の中に踏みこみ、徹底的に絶望した上で、あらためて映画をつくってみたらどうだろうか。

彼が提示するのは、いつも意味ありげな風景であり、そのじつは装飾化された彼の無気力にすぎない、と僕は思う。僕にはそれが気にくわない。積極的な無気力が現代的なのではない。その無気力を対象化し、はっきりとみつめること、——僕は一見それを実行しているかにみえるアントニオーニの作品に、逆に彼の詐術《さじゅつ》を見る。いつも彼は中途でその作業を打ち切ってしまっている——そして、それを超える不断の努力をつづける人間こそ、僕にははるかに現代的な人間のように思える。僕が彼の画面づくりの技術の新鮮さとその美しさを認め、彼の抽象画家としてのすぐれた才能を感じ、そこに彼の映画作家としての特殊な個性さえ想いながら、しかも彼の作品を充分にたのしむことができないのは、その画面の美しさが、なにか肝腎なものへの努力放棄によってつくられている空虚さを、つねにただよわせている気がしてしまうからだ。

だが、僕のアントニオーニ観は、つきつめれば彼にアントニオーニ以外の作家になれ、と要求していることと同じなのかもしれない。いずれにせよ、彼の作品の良さも悪さも含め、僕のアントニオーニの作品をめぐっての感想は、『情事』のときの『映画評論』（六二年一月号）に小文を書いたころとほとんどなんの変化もない。最近作二つを見て、それに書き加えたり、訂正したいような発見はなかった。

たぶん、これは僕の責任であるのだろう。せっかく映画をみてたのしめないなんて損な話なので、ふかく反省する。でも、僕にしたら、「人間は自分自身で作ったものに食いあらされ、いまや、どこへ行ったかわからなくなっている。現代は人間不在の時代だ。これはテクニックに殺された愛の物語だ」と『太陽はひとりぼっち』についてのインターヴィユーに答えているアントニオーニの言葉などは、そのまま彼自身の現在を語っている、と思えなくもないのである。

以上、僕の不適任さを註釈した。読んで下さった方は、すくなくとも僕の不適任さには同感して下さったことと思う。

『二十歳の恋』

フランス、イタリア、日本、西ドイツ、ポーランドの順で、五人の新進監督が、それぞれの国の「二十歳の恋」を描いている。

五カ国とも、パリ、ローマ、東京、ミュンヘン、ワルシャワと各国の中心都市を背景にしていて、まるで田舎には「二十歳の恋」はないみたいだが、これは製作者が最初から五つの国ではなく、五つの都市を選んだのだから仕方がない。各篇の題名は都市名なのだ。

「二十歳」はいわゆる青春のさなかにある年齢である。だが、青春というやつはだいたいがひどく類型的なもので、多くの場合、他人から見たらコッケイなほどの悲痛で切実なクソ真面目さだけを頼りに、グロテスクな狂気に似た夢想と慾求不満の中で、はげしく感情を浮動させている季節である。飛躍も純情も気まぐれも感激も、みんなその自己本位さのかたちであり、すべての行為は他人たちがまだよく見えないがための類型でしかない。

すくなくとも、いま三十歳を過ぎたばかりの僕にはそんな気がしている。だから、青春というものの個性は、その人間にとっての青春の越え方にしかなく、狂気じみたそのグロテスクなエネルギーとの格闘を通じてしか、青春というものの実体も内容も描くことができない。……が、このオムニバスは、どうやら気負って正面から「青春」の内容をつかみとろうとしたものではなく、『東京』（石原慎太郎監督）を除いて、いわば未経験な若い肌につつまれたその平俗さそのものの魅力を――つまり「青春」の風俗的生態を、もっぱら外側からスケッチ風にとらえることに関心をあつめている。したがって日本を除く四つの作品は、「二十歳」にたいし、つねに抒情的、詠嘆的であるのを越えていない。

もっとも、『東京』も結局は抒情的な態度を越えられてはいない。作者の主人公にたいする理解がもう一つ燃焼せず、作者は、つまりはその一人の異常者への、作者の抒情的共感を表白することしかできなかった。

貧しい工員がその二十歳の誕生日の記念に、日ごろあこがれていた女子学生を殺すことによって、彼女をそうして彼女への「愛」を、自分ひとりのものにしようとする。……この話はいい。異常者を描くのにも反対ではない。が殺しの前後から、画面は目立って乱れはじめ、強引な破調のカメラ・ワークが連続して、作品は一種の混乱におちる。

もちろんそれは作者の意図であって、作者はここで充たされぬ暗い青春の底にひそむ、兇暴な激情、孤独な狂気のはげしさ、不気味さ執拗さを、なまなましく、あらあらしく、あらわそうとしたのだろう。……だが、それには、この主人公の暗さの実質が作者の手中にあることが前提だが、画面にはそのことの重い手ごたえに似た迫力が欠如しているのだ。で、このとき観客は、わけのわからない作者の性急な焦りと、一人の変質者のふりをした青年の奇妙にそらぞらしい動きという、二つの空転しか見ることができない。ことに屍体をひきずる長い描写のあたりでは、明瞭に、完全に絶句している。――『東京』の主人公は、こうしてついに作者の内部からはっきりと押し出されるのと同時に、一人の狂人として、同様にわれわれの理解からも遁走《とんそう》してしまうのである。だが、五篇のうち、ただ一つこの『東京』だけが青春の内面に正面から取組もうとして異色のはげしさを示しているのはたしかであり、出来ばえへの不満はとにかく、作者の野心は正当に評価されるべきだと思える。『ローマ』のレンツオ・ロッセリーニ、『ミュンヘン』のマルセル・オフュールス、この二人はそれぞれ著名な大監督の息子で、ともにこれが最初の「劇映画」だそうだが、残念ながらこのオムニバスに関しては不肖の息子である。――『ローマ』は幼稚すぎ、『ミュンヘン』は人間の描出があまりにありきたりな上、いささか軽薄で、画面の明るさとテンポが取柄といえば取柄であろうが、じつにイメージの稀薄な凡作である。

完成度から見れば、おそらくフランソワ・トリュフォーの『パリ』がいちばん傑れている。ある内気な青年の失恋を描いて、(ストーリイの平凡さ、月並さにはべつに抵抗はない。さっきも書いたように、もともと青春というものじたいが類型的なのだから)古典音楽の小曲を聴くようなみずみずしく清澄な余韻をあとにのこす。額縁入りの名画のような完成度が逆に限界をつくっているともいえばいえるが、珠玉の短篇と呼んでいいと思う。

そして、このトリュフォーが、時代や社会の変化とは無関係な、すべての人びとに共通する、いわば永遠にくりかえされるものとしての「青春」の愛のすがたを描いたのに比し『ワルシャワ』のアンジェイ・ワイダは、逆に、時代に密着したある一つの青春が、次のそれに逐《お》われ、たがいにどうしても理解しえないままその席を失って行くのを描いて、「青春」は一人の人間に一つずつしかないことを明瞭にしている。これも佳作である。

その『ワルシャワ』では、かつての対ナチのレジスタンスの闘士が、ふとしたことから若い男女たちのあいだで「英雄」扱いをうけるが、やがて退屈で陰気でイカさない「道化」として、若い連中のパーティから閉め出されてしまう。……ダイナミックで大胆な構図と、白黒のコントラストの美しい画面が、『パリ』の繊細、巧緻、清新でエレガントな味わいと好対照で鮮烈だが、僕は『パリ』を優位に置く。「かつてのレジスタンスの闘士」の扱いに疑問がある。全体にいささか図式的な、割り切れすぎた印象があるのは、この人物の感傷性のためではないのか。

面白いのは他の三作が正直に、また単純に「二十歳」に焦点を合わせているのに、この佳作二篇が、ともに現在の「二十歳」を直接には扱わず、それぞれ自分の「青春」というフィルターを通すことで、作品に独自の手ごたえをつくっている事実である。(『パリ』の主人公は十七歳、『ワルシャワ』のそれは四十歳に近いだろう)

いわば、課題としての「二十歳の恋」を、二人は、冷静、適確、かつユーモラスに、自己を対象化する作業のなかで悠々ととらえているのである。……結局、もっとも強力なのは作者の「自己」へのきびしさであり、それによって厳密に鍛えられたその方法のもつ、リアリティであるのらしい。──

ところで、僕はこんな軽い小品集で、しかも都会の風俗はたいてい似たり寄ったりのものなのに、ふしぎとそれぞれのお国ぶりというやつが出ているのに、すこしびっくりした。ひまな方、お好きな方は、各国の社会の状況や、映画製作の傾向などを比較検討なさるのも一興だろう。

だが、僕は、そんなお国ぶりの差異にというより、どんな佳品、どんな愚作を撮っても、そこに同じようにお国ぶりがあらわれてしまう事実のほうに、ある絶望的な興味をおぼえた。おそらくこれは小説でも同じことだ。インターナショナルなものは、たぶん、そのお国ぶりの中にしかないのである。

最後に、各篇をつなぐ部分に挿入されたアンリ・カルチェ・ブレッソン撮影の写真が、すばらしい出来なのを書き加えておく。

『去年マリエンバートで』への一つの疑問

かなり前から『去年マリエンバートで』がすぐれた映画だという評判は聞いていた。と同時に、ひどく難解だ、という声も聞いた。シナリオを書いたロブグリエと、監督のレネの意見も正反対で、ロブグリエは、主人公の若い男女は「それまで会っていない」といい、レネは「二人は会っている」と主張しているのだという。この若い男女と、女の夫らしい——キャストにも「若い女の夫？」とある——もう一人の男との関係についても、さまざまな解釈があるのらしい。

たとえば主人公の男（X）は、若い女（A）という「愛の情熱」をかきたてる「未知なもの」で、もう一人の男（M）はそれを「ひきとめるもの」の象徴だという説。Aを「生命」、Xを「死の神」であるとする説。Aは「精神病患者」でXは「医者」、背景の古い館は「精神病院」だという説。さらにAは「理想」、Xは「それを希求する人間」、そしてAを「平和」、Xが「人民」、Mは「戦争」だと見る説。それからAは「作品」、Xは「鑑賞者」、Mは「作家」でありその関係を描いたのではないか、という説。(4月26日付朝日新聞夕刊)……これでは、かんじんの映画をみる前に、こちらの頭がこんがらかってしまったのも無理はなかろう。

で、僕は多分におっかなびっくりで映画館に入ったのだが、なんだかあっけないほどらくに見られた。べつに難解だとも感じなかった。幾何学的な庭園をもつ古い広大なホテルの風景をはじめ、写真的・構図的に、画面はじつに洗練され潔癖できれいだったし、若い女(デルフィーヌ・セイリッグ)の美しさも大いに気に入った。気にくわなかったのは、主人公たるべき男X(ジョルジュ・アルベルタッツィ)がいかにも平凡・善良でどこか愚鈍にさえ見えたことだ。

——いま、僕はXを、主人公たるべき男、と書いたが、正確には主人公は彼ではない。それは女AまたはAへのXの情念の方程式、X—A—Mの三者の関係という内面の図式であり、また、全画面の背景をなしている古めかしい広大なホテルそのものこそ、主人公と呼ぶべきかもしれない。

ともあれこの映画は、すべて男Xのイメージの世界である。いわば、男Xの主観の世界である。作者は、Xという一登場人物の「主観」として、作品の中、つまり豪奢なこの古風なホテルの中に入って行く。そして、幾何学的な庭園や遊戯場をもつそのバロック風なホテルにおいて、この「主観」が発見した一人の若い女をめぐっての、彼女への偏執と、くりかえしそれを阻まれながら、しかしついに彼女とともにこのホテルを立ち去るまでのXの情念の軌跡を、そのままに記録しようとした——おそらく、これがロブグリエ＝レネという製作者の意図であろう。僕はそう見たのである。

Xは、一貫して一つのイメージとして行動し、存在する。そのため、このホテルに到着する前後は知らず、すくなくともこのホテルの中、作品の中においては、Xは終始一人の〝生きた人間〟ではない。瞼の裏、イメージの中のホテル、その中の「現在」だけを追って動きまわる、一つの〝意識〟であるにすぎない。

だからこそ、そこでは日常の時間は存在せず、歴史的な時間の進行もない。はじめからきれいに整えられた物語もない。〝意識〟が作品をひらき、飛び、静止の中を歩み、横にすべり、過去をつくり未来を見、空想につづき、偶然や暗示や妨害を刺戟《しげき》として、結局は一つの夢想の軌跡だけを描いて去る。この場合、意識は〝情念〟であり、女Aへの固執に支えられ方向づけられてはいるが、つねにそれを阻むものにより後退し、横にそれ、飛躍してまた前進して、まるでスケートのフィギュアのようにそこに一つの〝図型〟を描く。（この図型の〝謎とき〟が、先にあげた「解釈」である。）そしてこの図型を刻ませた氷、いわばスケート・リンクにあたるものが、この映画では「古い、宏大な、バロック風の豪華なホテル」なのだ。

一見、女Aの主観と見えるものも、男Mの嫉妬と見えるものも、自然の風景も、すべて男Xのイメージである。（Aの衣服の無秩序、Mの銃声の音響処理、人間にだけ濃く長く影が流れ、樹木には影がない庭園など、製作者はくどいほどそれが非現実なのを強調する）そうして製作者は、ついにAを口説き落しホテルから連れ出すXをあきらかに不能者のサディスムと偏執をもった男、生きた「肉体」をもたないイメージであることを強調して、そのホテルからの出発を、つねに非現実に心をかきたてられ、現実からの脱出を待つ「女」の〝夢想の成就〟と重ね合わせるのである。これが、この映画の筋書きである。

二人が以前に会ったか会わないか、どちらかが去年マリエンバートに行ったか行かないか、Xが、Aが、生きているのかまたは死んでいるのか、MはAの夫なのか、そんなことはじつはどっちでもいい。さらにこの「豪華な、古風なホテル」が実在しているのかどうかも、どうでもいい。これは一つのイメージが、もう一つのイメージとともに旅立つだけの話なのにすぎない。イメージは客観的存在や、外在する事実ではない。

たしかに意図は明快、内容はいささか貧困なほど単純である。がこれではあまりに明快すぎ、単純すぎはしないか？　ごく素朴な疑問として、僕はこの作品で人間があまりに明快・単純化されているのが気になるのだ。あっけない、と感じたのはその理由でだろう。

ロブグリエ自身、この映画の三人（X・A・M）につき、名前も過去もない人間、という意味の言葉を記している。名前のない人間、これはすべての「人間」という意味だろうからまあいい。が、過去のない人間とは、どんな人間だろう？　それは、いつも「現在」の中にしかいない人間、「私が」見ている人間、いわば「私」の中の他人、〝見られている〟客体としてだけ生きている人間ではないのか？

では、そんな他人の「主観」、そんな他人の中のイメージを、どうして想像できるのだろう？　そこには「私」はなく、その人物に時間貸しで貸与された私の「目」だけがある。──そんな、一人だけの歴史も、内部の独特な個性も生命も無視され抹消された人間のもつ「主観」になんて、どんな意味があるのか。かれらは、つまり根本的に「客体」でしかない。そして、全人物は、古いホテルの外に出ない。映画も出ない。僕らはただ、そのホテルという一定の舞台に似た有限の枠の中だけを動く、客体たちの見る現在だけを見せられることになるのだ……

このように設定された人物の〝主観の世界〟の中で、その意識や情念や、それらの交錯の描く図型は、必然的にある客観性——さっきの例でいえば、一つのスケート・リンクの上でしか完成しないのではないだろうか？　その下の人間のマグマにはどうしても踏みこめず、はじめから上げ底になってしまっているのではないのか？　するとそこでの謎ときは、作品のマッチ棒の遊戯と同じ、先手必敗のトリックをもつ一つの「遊び」にしかならないのではないか？

これが、僕が「去年マリエンバートで」を見ての素朴な疑問であり、僕の感じたあっけなさの説明である、と思う。……でも映画を「考え」たり「わか」ろうとするなんて、愚かなことだ。いや、余計なことだ、という気がする。もともと、僕は映画を「解釈」してたのしむ趣味はないし、たぶんその能力もないのだ。もっぱら僕は、僕の感覚への手ごたえ（もちろんそれにはエロティックな刺戟まで含まれる）をたのしみに映画を見に行くのである。

だから僕はこの映画では「底」であり「場」である宏大なバロック風のホテルの豪

奢さや、男M（サッシャ・ピトエフ）の目つき、女Aに扮した女優の優雅で鮮やかな美しさ、その硬質の色気が、大いにたのしかった。平凡・善良でときには愚鈍にさえ見えた男Xのファナティスムがいただけなかったのもおそらくは同じ理由だろう。

『かくも長き不在』

一人の女がいる。新婚の夫をドイツ兵に奪われ、戦後すでに十数年がたつというのに、夫はいまだにその生死さえ不明である。年下の真面目な運転手との情事も、女にはが、女には再婚をする気持はない。「夫」という存在の代替物にならない。女は「夫」のいない空虚を埋めるものではなく、はいま、パリ郊外の小さな町で酒場を開いている。

セーヌ河の川岸のその町に、ある日、一人の中年の浮浪者がやってくる。女は、彼に夫の面影をみつけて愕然とする。が、彼は女に空ろな他人への目しか向けない。彼は記憶を喪失していたのだ。……

監督のアンリ・コルピは、長いことアラン・レネ監督につき編集をしていたという。その彼が、マルグリット・デュラ（『二十四時間の情事』でレネに協力した女流作家。正確にはデュラスだが、ここでは一般の呼名に従う）のシナリオを得、監督としての第一作としてここに描き出しているのは、四十歳近いこの一人の女の、いじらしく悲痛な、浮浪者の記憶を喚びさまそうとする努力である。

女は、浮浪者にまつわりつき、古い音楽を聞かせ、親戚たちとわざと彼のそばで声高に夫の過去を語り、好物のチーズを味わわせ、必死に、執拗にその努力をつづける。……それは、長いあいだ「不在」だった夫、その夫とのかつての輝かしい愛の時間、いや、現在の彼女にとり、信じられるただ一つの他人との連帯を、復活させるための努力なのだ。

が、結局、女の努力は空しかった。女にとり、「夫」は依然として不在のままでしかない。同時に、彼女の愛も、他人との輝かしい連帯も、すべては回復不可能な何かであり、つまりすべては「不在」である。いわば、彼女はもはや「不在」とのみ結びついた存在でしかなく、彼女は、そういう自分を生きつづける他はないのだ。――ご存じの方も多いだろうが、これはデュラの一貫したテーマであり、彼女の小説のすべてにも流れている発想である。コルピは、いささかこのデュラのトーンに巻きこまれながら、しかし、けんめいにそれを「映画」にしている。溶暗の多用は、そのあらわれの一つだろう。

女の「努力」する場面がいい。が、僕はことにラスト近く、女の思わず叫んだかつての夫の名、近所の人びとも声を合わせて呼ぶその名の反響の中に、ふいに足をとめて、まるで死刑の宣告を受けた囚人のようにそろそろと両手を上げ、そのままじっと動かない浮浪者の姿に、はげしい衝撃をうけた。たしかに、彼はその名の男だった。が、死に直面した恐怖が、彼からかつて夫だった人間としてのすべてを奪い、もはや彼はただの死んだ夫でしかない。「夫」は、いまはどこにも「不在」なのだ……彼は、そしてまるで訪れない刑の執行を待ちすぎ、他の希望を発見したかのように、突然、全速力で逃げ出す。その彼の正面に、闇の中からトラックの光芒《こうぼう》が驀進《ばくしん》してくる。

もちろん、これは一つの戦争映画だということができる。いまだに終わってはいない戦争、そして、いまだに人間を死なせている戦争。……でも、つねに完璧な愛を、連帯をもとめながら、結局はその「不在」の確認にしか結びつけない人間たち、そういう敗けるにきまっている戦いを戦うことの中にしか、みずからの孤独を生きて行けない現代の愛のストーリイが、その愛の切実さとかなしみが——いわば、そういうデュラの視点への手ごたえのある共感が、僕にはこの作品を支えているのだと思える。

『シルヴィ』の幻

シルヴィ・エ・ル・ファントム——シルヴィと幻。それがその映画の原題である。フランス映画。アルフレ・アダンという、ときには俳優も兼ねる才人の原作（たとえば『ラ・ボエーム』などに出演している）を、ジャン・オーランシュが脚色し、クロード・オータン・ララが監督した。……こんなことはすらすらと出てくるのに、どうしてもその日本題名が思い出せない。たしか、昭和二十四年ごろ見たのだったと思う。

原題しかイメージにないとは、まことにキザな話である。が、当時、僕は慶大の仏文に入りたてのティーン・エイジャーだったわけで、この映画に感動したことでもわかる少女趣味といっしょに、青っぽさはすこし大目に見ていただきたい。とにかく、僕はこの映画の主役の十六歳の少女「シルヴィ」にすっかりイカれてしまったのだ。女優の名は、オデット・ジョワイユ。

あまり評判にならなかった映画なので、簡単に筋書を書くと、シルヴィは貴族の一人娘で、父と二人でシャトオに暮している。父は斜陽族で金に困り、シャトオの奥まった一室にある等身大の「白い騎士」の画像を古物商に売ろうとする。がその「白い騎士」は、かつて決闘で殺されたシルヴィの祖母の恋人で、シルヴィもまたひどくその画像を愛し、その人物の幽　霊《ファントム》が、このシャトオを守っていると信じている。

そこで父は、シルヴィの十六歳の誕生日の夜、役者をやとい「白い騎士」の幽霊に化けさせ、彼の口から画像が人手に渡るのをシルヴィに納得させようと計画する。それは、「白い騎士」の幽霊が実在するのを確信しているシルヴィへの、父なりのせいいっぱいの親切なのでもある……が、その募集に応じた本物の役者の他に、ちょうどそこに逃げてきた泥棒の青年、それとシルヴィを恋している古物商の息子の三人が、交替で白布を頭からかぶり、幽霊役を演じることになる。ところがその誕生日の夜、本物の「白い騎士」の幽霊があらわれ、贋ものの幽霊たちのあいだに出没して、パーティは大混乱におちいる。ただ一人シルヴィだけが幽霊を恐れず、恋の告白をしようと幽霊を追いもとめる。……

本物の役者にルイ・サルゥ、泥棒の青年にフランソワ・ペリエ、父親も執事も有名な顔みしりの俳優だが、ちょっと名前がうかびださない。……そうだ。思い出した。この映画の日本題名は『乙女の星』というのだ。

まったく、題名まで少女趣味もいいところで恥ずかしくてたまらないが、仕方がない。覚悟をきめよう。僕は、このシルヴィに夢中になってしまったのだ。

彼女のイメージなしに「シルヴィ」は考えられないが、僕はべつにオデット・ジョワイユ自身に夢中になったわけではない。あとで彼女がこのときすでに三十歳を越えていたのを知ったが、べつに大した衝撃はなかった。たぶん、僕の関心は、本物の「十六歳の少女」なんかにはなかったからだろう。

僕が心を奪われたのは「シルヴィ」にである。幽霊に恋をしている少女。祖母への恋に生命を捨てた男の、その純粋で強烈な愛の幻影に恋をしているシルヴィ。架空な、しかしそれゆえ純粋な、ひたすらなそんな恋に生きる少女。……まだ、肉体をもたない恋。

そのとき、僕が「シルヴィ」に見ていたのは、現実の少女の可憐さ、清純さなどではなく、もっと神秘的な、反地上的な、いわば僕の内面、僕の情念にのみ存在する「肉体をもたない恋」の甘美さであり、その化身としての永遠の少女だったのだろう。この映画、『乙女の星』のオデット・ジョワイユは、僕にとって、そんな永遠の少女としての「シルヴィ」以外のなにものでもなかったのだ。

Sylvie et le Fantôme. そして僕は、どうやらその題名の含む、もう一つの意味に気づいた。このetは、同様に「エ」と発音するestという語にひっかけてあるのだ。

……estは、英語のisにあたる。つまりシルヴィこそ幻、一つの幽霊なのであろう。

『肉体市場』

映画の製作者たちは、いつも、どんなものをつくったらウケるか、ということばかり考えているのだという。商売としてそれを考える以上、ウケるのをねらうのは当たりまえの話で、格別意外なことではない。が、このところ僕はつづけて映画をたくさんみて、どうやら映画の関係者たちには、なにがウケるのかがサッパリわからなくなっているらしいという気がした。

そうとでも思わなければツジツマが合わない。つまり、みんなエロとかグロとかスペクタクルだとか意表をつくカットだとか、手をかえ品をかえてウケる要素を展示しているようなのだが、奇妙にそのすべてに自信がなく、すべてに見当がズレているのである。いわば、気のきかない女中さんのサービスかマッサージを受けているようなもので、いっしょうけんめいごきげんを取り結ぼうとされているのはわかるのだが、なにかピンとこない。

たとえば、上映禁止処分をうけた『肉体市場』という映画がある。幸運にも（？）僕は、処分をうける二日ほど前にそれをみたが、あんな映画はブルー・フィルムと同様、せまい場所で、コッソリと呼吸をつめた人々の熱気にみちたふんい気でもなければ、ばからしくてみられたものではない。そんなものは、ウケたところでタカが知れているのである。

いきなり、トイレットという英字が画面いっぱいに出てきて、若い女が便所にはいって行く。と、一人の男がその中にとびこみ、女の口にトイレット・ペーパーを突っ込む。どうやら女は暴行されるらしい……これがその映画のトップである。僕はぎょうてんして、それから長いあいだ笑いが止まらないで苦労をした。僕は、はじめトイレットが出てきたとき、便器会社の広告かと思ってながめていたのである。ちなみに、タイトル、スタッフの字幕は、このシーンの直後からはじまる。

監督はこのシーンを切られたのがいちばん痛いと抗議しているようだが、それは当然で、この映画は、ここで犯されたために自殺した娘の、その妹のフクシュウ譚という筋立てを取っているのである。ケッサクなのは、その妹がやはり便所で暴行されかかって、そのことからやっと姉を殺した男がわかるという段取りで、僕は失笑をこらえるのに腹が痛くなったが、トップを消されたらせっかくのこの段取りも意味不明のものになってしまう。監督の苦衷《くちゆう》は察するにあまりあるのである。

しかし、この処分の件に関しては、僕はあまり積極的に監督の肩をもつ気はしない。この映画の製作意図は見え透いたものだし、それがひどくつまらないものだからだ。といって警察の処置にも賛成はできない。こんな愚映画は、どうせすぐ消えて行くにきまっている。なにもあわててそんなことをする必要はないのである。

話がすこし横道にそれるが、それよりも僕に気になるのは、併映していた『壺と女』という映画のケースである。これはかつての『ビキニの裸女』を、B・Bの裸だけが目立つよう短く編集し直したもので、いくらだれが買った品物にせよ、こう勝手に作品を切ったり継いだりムチャクチャにいじられては、作った者としたらかなわないだろう。おとなげない上映禁止処分よりも、僕には映画界内部の人物によるこのような内容の改変（長さも約三分の二ほどに縮められているようだ）のほうが、よっぽど悪質な行為だと思える。

いずれにせよ、せまい小屋で、まるでコッソリと場末のストリップでものぞいているような気分でいるからこそ、この種の映画はまだみていられるのだ。この場合、これほどくだらない映画でも客が怒らずにみているというのは、カネをはらった相手がじつは映画ではなく、その小屋での一種異様な秘密映画をみているような気分にすぎぬことを、内心で承知しているからである。映画はその添えものにすぎない。そんな映画にたくさんの客が呼べ、さいふのひもをゆるめさせる力のある道理はない。つまり、絶対に大きくウケっこない映画でしかないのである。

『激しい夜』『危険なデイト』その他、このところいわゆるエロチック・スリラー、というより、エロ味の強いサスペンスものがはやっているようだが、これらにしても大きく売るための見当をまちがえている点、ウケるポイントをつかみそこねている点では同じである。この種の映画ですぐ思い出すのは『現金に手を出すな』『女は一回勝負する』などだが、それらにはたしかに売り物になる魅力的なエロチシズムがあった。が、これらの作品はそれを売り物にしようとしながら、かんじんのそのエロチシズムがないのだ。

リアリティのない人物たちは、ただのでくのぼうか、無意味な風俗の破片である。そんなものは、じつはエロでもグロでもない。フィルムについたしみと同じである。女性がその曲線やはだの何%以上かを露出したからといって、それがそのままでエロチックだとはいえないのである。ふとしたセリフのかげに生きている感情、生気にみちた動作、かけがえのないその存在の重み……いわば、画面の中で生きている人間を感じとれないとき、感興はわかないし、エロチシズムもないのである。同様にグロテスクも、人間というもののどす黒く底知れぬ奇怪さにふれなくては成り立たない。エロもグロももっとはるかに人間のにおいの濃くたちこめているところにしか生まれないのである。

つまり、エロもグロも、じつは人間の体臭でしかないことを、これらの監督たちは忘れている。人間そのものへの関心を深くすることによってしか、それらはとらえ得ない。これらの作品の中でうごめいているのは、たんなる妄想の薄っぺらい影絵であるにすぎない。

すべては、監督がどこまで人間を理解し、どこまで表現できるかにつきる。殺人も法律も情事も、脱走も、六本木族もピストルも、戦争も、宇宙さえも、それが人間に属し、人間の一部であり、生きた人間の問題として扱われていてこそ、たくさんの人々が、金を払ってまでそれをみにきたがることになるのである。

『恋や恋なすな恋』

内田吐夢《とむ》監督の『恋や恋なすな恋』はふしぎな映画である。まず、絵巻き物ふうな、古拙をてらったような絵がくりひろげられるのと同時に、ナレーションがはいってきて物語りがはじまり、突然、凶兆におののく朱雀帝《すざくてい》時代の京が、赤のフィルターを通して無気味に映し出される。それからしばらくは平凡な王朝もののような画面が進行したと思うと、恋人の榊《さかき》を失い発狂した保名《やすな》が、ふいに清元とその三味線に合わせ、黄色く飾られた回り舞台のようなところで日本舞踊の「保名」を踊り始める。そして、ふたたび王朝ものの画面にかえってすこしたつと、今度はキツネの面をつけた〝キツネたち〟が登場して、子供だましのようなキツネ火の動画がはいってくる。ここから、保名と若い雌ギツネの恋がはじまる。

雌ギツネは、かつて保名が恋した榊と双生児の葛の葉に化け、人目をさけて暮らすうちに、いつしか二人には、玉のような男の子が生まれている。このへんは、カブキ調の舞台仕立てによって処理され、映画は、以後はこの舞台の上での劇だけを映していく。いわば、突然舞台中継に切り変わったようなものだ。

べん、べん、と浄るりの三味線が聞こえてくるのもこのあたりからで、やがて本物の葛の葉がたずねてきて、雌ギツネは男の子を残し、しょうじに「恋しくばたずねきてみよ和泉なる信太の里のうらみ葛の葉」という一首を、筆を口にくわえて書き、姿を消してしまうのだが、この部分は主に浄るりのセリフに合わせて演じられる。ラストは、轟音とともにそれまで二人の暮らしていた家が一瞬のうちに消え失せ、あとに子供をかき抱く保名と、雌ギツネの化身なのか、殺生石のような黒いはりぼての石だけが残り、その石にカメラが接近して終わる。……だれかがこれを〝日本のミュージカル〟と評していたように覚えているが、たしかに一応はそうもいえるだろう。まことに奇妙な構造と手法とをもった映画である。

意識的かどうかは知らないが、全体のバランスはくずれ、唐突な終りかたも、わかったようでわからなく、あまり見事、とはいえない。その点で、これは失敗作と呼ばれても仕方なかろう。しかし、僕は、今月はこの作品にいちばん感心した。ことにキツネの葛の葉にふんした瑳峨三智子《さがみちこ》の、妖気ともいうべき奇妙になまなましい魅力は、さらにその葛の葉と保名との別離を歌い上げる浄るり（豊竹つばめ太夫）のパセティズムは、身ぶるいが出るほどの凄絶な迫力があった。――ふと、僕は、故服部達氏の代表作とでもいうべき評論、『われらにとって美は存在するか』を思いうかべたりしたのである。

結局、僕の考えていたのは〝日本〟というものだったかもしれない。視覚的遠近法のかわりに、われわれの美学には触覚的遠近法とでもいうべきものがあり、幾何学的精神の伝統に対応して、様式化された感覚の歴史がある。(このことは、いまだにわれわれの生活が、客観的・合理的な論理に支配されず、むしろ主観的・情緒的な判断にたよりがちなことにも通じる)

いま、ここでくわしく西欧文明との比較を論じるひまはないが、おそらく作者が西欧ふうな論理的・建築学的なドラマのまとめかたに満足せずかなり意図的にこの映画を絵巻き物ふうに展開させようとしているのは確かである。それは、この映画に、斜め上から見おろしたショットが多いことからも明らかであるといえる。それと、伝統的な日本文化の財産の活用。つくりもののチョウによる〝チョウ〟、人形による〝赤児〟、キツネの面による〝キツネ〟等々の表現。これらの極端な様式化や、清元による日本舞踊。誇張された浄るりの節まわしの訴えかける女の恋のあわれさと美しさの強調。そしてカブキ仕立ての舞台による演出。これらによって作者はあきらかにある効果をねらっている。それは〝日本〟というもののリアリティでありその表現である、といえるだろう。

西欧的――人間中心的な観点に立てばこの保名と葛の葉の恋物語りは、ほとんどグロテスクともいえる人形芝居であり、いわば完全に「動物」としてのみとらえられた人間の愛の物語にすぎない。この非人間性（ここでは僕はこの言葉を、非精神性と同じ意味で使う）にこそ、しかし、われわれ日本人の心の奥に眠っている日本人としての特性があるのだ。内田吐夢監督は、まさにその〝日本〟というものを描きだそうとしたのである。

作者は、強引に在来の「映画」の常識や文法を無視してまで、日本という国と民族の底にかくれている非論理性、非人間性とその奇妙な美しさに、つまり、この人獣婚姻譚の根に迫ろうとしている。それを通し、日本の、また日本人の現実とその特殊さを表現しようとしている。その非西欧的な存在のしかたを主張しようとしている。こが、問題は、じつは作者がその考えをどこまで自分のものにしていたかにある。この作品が部分的に光りながら、全体として中途半端な失敗作に終わったのも、原因は作者のそのへんの整理不足と不徹底にあるのではないだろうか。いわば作者自身、一人の映画作家として、その日本人の特殊さに徹しきれないのである。

今月はたくさんの日本映画を見た。だが、この作品にくらべると、それらの一応のまとまりや面白さや破綻などは、じつにくだらない泡沫のような現象にしか見えない。たとえ失敗作、貴重な失敗作とはいえ、すくなくともここには内田吐夢という一人の誠実で熱っぽい人間の確かな手ごたえがあるのである。

『オルフェの遺言』

近ごろ、あの映画はわからないからつまらない、などという声をよく聞く。たとえば『情事』について、あるいは『尼僧ヨアンナ』『天草四郎時貞』について……。

そして、これら難解だと評判をとった映画を見ておもしろいという人の多くは、ほとんどその筋や主張やテクニックが「わかった」ことをおもしろがり、それが「わかった」ことを得意げに表現しているにすぎない、という声もきかれる。たしかに「わかる」って、そのうえでの批評をする人の数は少ない。たぶん、ただ「わかる」ことだけでせいいっぱいなのであろう。

だから、逆にこういう意見も出てくる。なにも、こむずかしいからといってありがたがることはないのだ。だいたい、よくわからないものがおもしろいはずがないじゃないか。

どうして人びとは（この双方とも）こんなにも「わかる」こと（または「わからない」こと）にこだわるのか。

音楽、美術、詩——いや、これはあらゆるジャンルについていえることだが、僕には、どうも人びとはそれを「わか」ろうとばかりしているような気がする。「わかる」ことは美術や娯楽を享受するための目的でも必要でもないのである。美術や娯楽に接することの目的は、さまざまな意味でそれを「おもしろがる」こと以外にない。わかったけどつまんない、わからないがおもしろかった、ということばだってちゃんとあるのである。

コクトオの『オルフェの遺言』も、いわばこの「難解」な作品の一つだといえるだろう。コクトオをきらいな人、彼に無縁な人は、わざわざ金をはらって時間つぶしに行く必要はない。が、コクトオに関心のある人なら、この彼の「遺言」は見て損はしないはずだ。

友情出演の彼の友人の有名人たち（ピカソやリファールなども出演する）、コクトオの別荘、その絵画や彫刻やモザイクや、さまざまな楽屋落ちを見るのも一興だが、サービス満点のこの彼の遺言に、老コクトオのぜいたくな「道楽」をしか見ないのは、少しばかり片寄った態度だろう。遺言というだけあって、彼はこの映画の中に、自分の詩的業績、作品の財産目録のすべてをちりばめ、ほうりこんでもいる。そして観客たちの前に、フィルムによって書かれた彼の詩を、詩論を、詩人論を、独特の方法で展開する。

だが、僕たち観客は、コクトオという一人の詩人の宇宙に案内され、その世界の中を旅しながら、ふとコクトオという名の一人の人間の、奇妙に美しく、奇妙にあわれっぽくなまなましいいきづかいに似たものを聞きとる。そのしゃれっ気と渋面、リリシズムとグロテスク、いささかキザな奇怪さと疲れきった誠実さとの不思議な調和の中に、やがて僕たちに一人の人間の重量感が音もなくとどいてくる。コクトオはそこにいるのである。おそらく、彼のねらいもそこにあるのだろう。「なぜと私に問いたもうな」ということばが巻頭に出てきて、ここでも頭での理解、理屈づけのための理屈を、コクトオは拒否している。僕たちは「なぜ?」と問わず、ただそこになんらかの感動を味わい、それをおもしろがることができたらそれでいいのである。

だいたい、映画というやつには、たいていひどくわかりにくいところがある。たとえばお家騒動ものの時代劇を見ていて、どうしてあのじいさんは、一身をとしてまで主家の転覆をはかる必要があるのか、などと考えはじめたらキリがないのだ。渡り鳥というやつは、どうして皆いつまでも年を取らず、ラストになるときまって一人で海岸を歩いて行き、ニタニタ笑い、かつ歌いながら、かさを手にもってわざわざクルリとひと回りしなくちゃならないのか？

わからないことはいつも多く、むしろそのインチキさ、つごうのいいこうとうむけいさによってのみそれが娯楽になっているのだ、ということが逆に「わか」る。そのいい例が裕次郎もの、旭ものであり、今月の映画でいえば東宝の『社長行状記』『どぶ鼠《ねずみ》作戦』などであろう。

これらの映画はそれこそ理屈ぬきでたのしめばいいのであり、だが、考えれば考えるほど、これらの映画こそわかりにくく、非現実的で「難解」になってしまう。どうしてもつじつまが合わなくなる。理由は明白だ。ここに登場する人物たちは、僕たちのまわりに生きている「人間」たちではなく、その人間たちの生みだした「通念」の影絵であり「夢想」の化身にすぎない。そして、その「通念」「夢想」というやつのおばけは、じつはどこにも存在なんかしてはいないからである。──もともと、現実には存在できない「通念」や「夢想」やを活躍させ、ひとときの気ばらしを提供してくれるのが通俗娯楽の役目なのだ。

たとえば、いちばん愉快だった『どぶ鼠作戦』だが、ここにも「規律は人間をゆがめる」とか「おたがいに生命は大切にしましょう」とかいう、しごく平凡な、もっともらしい標語の無責任な利用があり、いっさいの愉快なドタバタは、いつもこの安直かつ無内容な決まり文句へと帰着するのである。まさに「通念」にしがみついたうえでの娯楽映画づくりとしか、いいようがないではないか。

僕はかつてのスラップスティック・コメディーを思い出すのだ。僕たちはその無意味な、超現実的な事件の連続に、奇想天外な不自然きわまりない画面に、ばかばかしく単純化され誇張された行為に、目をかがやかせ、大口をあけて笑い、だが、かえってそこに人間というものの奇怪さ、おもしろさをじゅうぶんに感じとれていた気がする。岡本監督も、つまらない標語をたよりにせず、そんな無責任な決まり文句で観客に「わか」らせようなどとはせず、むしろ思いきってナンセンスに徹すべきではなかったのか？　そのほうが直接に「人間」の、よりおもしろい真実、よりおもしろい奇怪さがむきだしにされたのではないだろうか?

……くりかえすが「わからない」ということは「つまらない」ことの同義語でも、理由でもないのである。もしある映画がつまらなかったとしたなら、それはあなたが「わからな」かったためではない。理由は、それぞれちゃんとほかにあるのである。

『キングコング対ゴジラ』

暇をみつけて映画館へとんで行った。『キングコング対ゴジラ』を見るためである。僕はこの種の映画が大好きで、S・Fもの、怪獣ものというやつは広告を見ただけで胸がワクワクして、どうしても見のがすことができない。

でも、見終わってびっくりした。あたりの席は子供たちばかりで、おとななんてほんの数えるほどしかいないのである。データによると『キングコング対ゴジラ』の東京での客のパーセンテージは、児童ならびにそのつきそいの父母が六〇、中・高校生が二〇、おとなが二〇だったという。……つまり僕は二〇%しかおとなではない、ということになってしまうわけで、でもこれはまた、たいていのおとなたちの心に、二〇%ほどはこの種の映画を楽しむ部分がある、ということでもある――と考えて自己弁護をしたところだが、そんなヘリクツはやめよう。とにかく、この点に関しての僕の子供っぽさは、弁解のしようがない。

まったく、この種の映画を見ているとき、僕は単純に一人の子供に化しているのかもしれない。子供には子供なりの感嘆や無関心やスジの追い方というものがあるもので、僕のこの『キングコング対ゴジラ』についての感想も、それらの域を出まい。たとえばコングが発見されるファアロ島の土人たちが、みんな日本人の顔をしているのに「インチキだ」と口をとがらせるし、そこにあらわれる巨大なタコ（これが今回はいちばんの出来であった）とコングの決闘にカタズをのみ、見せ場のはずの海を泳ぐコングやゴジラの行進の少なさにもの足りなさを感じ、この二巨頭（？）の決戦の結果があいまいなままで映画が終わってしまうことに、チェッ、という感想をもつ。ちゃんと勝負をつけてくれなくちゃつまらない。そして、この熱海での引き分け（アタミワケ、とはシャレにもならない）への不満で、この子供の批評家は、この作品を大きく減点する。せっかくのオトシ穴毒ガス作戦の大規模さも、二十万ボルトの電撃作戦も、そういえばコッテリしなさすぎる。前の——たとえば『ラドン』のときのトリック撮影のほうが、ずっとおもしろくタンノウできたじゃないか、と思い出したりしてしまうのである。

この種の映画を正面切って批評するなんて、やぼなことだし、バカげている。だが僕には『二人で歩いた幾春秋』だとか『宝石泥棒』『紅蜥蜴《べにとかげ》』『すてきな16才』なんかよりは、はるかに愉快だったことはたしかである。もちろんこの『キングコング対ゴジラ』の中でも、人間たちだけのやりとりの部分はいただけない。おもしろさはこの荒唐ムケイな怪獣たち自体にある。

小むずかしくそれを原始への郷愁とか、一撃で満員電車を破壊したり、議事堂に腰をかけてそれを押しつぶすとかいうようなことへの、その中で身動きもならない日常を送っているわれわれのストレスの発散とか、やれ先祖がえり的なアンファンテリスム、「非常時」へのサブ・コンシアス（潜在意識的な）な執着とか、分析したい人はするがいいとおもう。リクツはつねにあとから追いかけてくるものだ。僕はそんな「解釈」には関心がない。

これは見当でいうのだが、おそらく製作者たちの最大の苦心は、これらの怪物の画面――つまり人間社会への、その出現のさせかたにあるのではないだろうか。特殊撮影という条件もあってか、なぜか怪獣たちは、その登場の最初、けっして全身をみせない。山なら山、建て物なら建て物の向こうに、にゅっと首を出したりするところからその登場をはじめるのだ。そして、すると僕たちは「やあ、怪獣！」と、とたんにそれが「怪獣」であることを全的に承認してしまうのである。

この登場のしかたに、僕は、われわれの中での怪獣という一つの「幻影」への、ひどく的確な計算がなされているのを感じる。あえていえば、この登場のしかたこそ、空想上の怪獣とわれわれの日常とが出会う場所なのであって、また、われわれの日常の中での、怪獣という幻影の意味と、そのあり方を表現するものだと思える。大きさもわからず、距離もはっきりとつかむことができない。全体がどのようなものであるかもわからない。しかし、そのとき怪獣は、「ゴジラ」または「キングコング」として、われわれにたいし、もはや全的に存在してしまっているのである。と同時に、もっとも強力にわれわれにたいし、幻影としての迫力をもつのである。

僕はべつに、怪獣映画を他の風俗映画と同じ幻影をあたえてくれるものとして考えているわけではない。ただ、怪獣が「幻影」なら、映画においてとらえられた一人の道路工夫も、十六歳のフランス帰りの娘も、むっつり右門も女泥棒も、同様にすべて「幻影」であることをいいたいのだ。そして、この怪獣映画にある、このような慎重かつ的確なイメージづくりの努力が、どうして他の映画ではなされないのか、と問いたいのである。生身の人間を撮したからといって、それは一人の道路工夫や女泥棒のイメージづくりにはならない。道路工夫なら「道路工夫」女泥棒なら「女泥棒」というものが、どのようにして観察のなかの幻影として生きはじめることができるか、その点についての計算を、せめて怪獣映画なみにしてくれたらどうだろうか、と思うのである。これは、われわれの中でのその『幻影』の意味やあり方、リアリティーについて、もっと周到に、立体的に計算をしてほしい、という要求と同じである。

この計算がアイマイであったり、いい加減なものであるとき、われわれの見るのは「道路工夫」ではなくそれにふんした「佐田啓二」であり、女泥棒のフリをしている「山本富士子」であり、あんまりすてきでない十六歳になった「姿美千子」でしかない、という結果になる。……もっとも、べつに映画なんかどうでもいい、なにかのフリをして動いているスターのシャシンさえ見ればたくさんなのだ、というひとには、これは、まったく余計なお節介にすぎない。

付録

『山川方夫全集』月報より——山川みどり

なにもかも忽然と

オムライスの仕度をしていた。具をいため終り、後は顔を見てから仕上げよう、そんなつもりでいた。ところが、なんて遅いの。また本屋にでも寄っているのかしら。一九六五年二月十九日の昼前、駅便で原稿を送るために二宮の駅へ出掛けた山川方夫(本名・嘉巳《よしみ》)の帰りを私は待っていた。

その日、冬空はカーンと晴れわたっていた。一年中でもっとも空気が澄んでいるこの季節、湘南の海に大島が忽然と出現する日が増えてくる。島影は、見えさえすれば障子の桟ひとマス分からはみ出すほど大きくて、私は新鮮に驚いていた。その日、大島が見えたかどうか、ただ上天気だったことはよく覚えている。

電話が鳴った。なんだか要領を得ない話ぶり。きっと町で持病の発作をおこしたんだ、早とちりの私は、話をひきとるように、まっすぐ駅前の駐在所へと駆けた。嘉巳はすでに大磯の病院に運ばれていた。暴走トラックにはねられたというのだ。

意識はまったくなかった。ただ、本人も気にしていた薄い頭髪のあいだから滲み出る何本もの血の線が、これはただごとではない、と伝えてきた。

それでも嘉巳は、丸一日頑張ってくれた。翌二十日に息をひきとるまで、一度も意識は戻らなかった。二月二十五日の誕生日を前に、彼はまだ三十四歳だった。

結婚して二百八十日目。ようやく生活のリズムが互いに見えてきて、私なりに三十年後の二人の、夫婦として慣れきった姿が妙にはっきりイメージできてちょっとあせったり、かといって新鮮な関係のままでいるのも不安でわがままが出てきたり。そんな時に突然、私たちの生活は「打ち切り」となってしまった。

山川方夫と初めて会ったのは、一九六一年の年の暮近くだった。私は大学二年、ちょうど二十歳の誕生日を迎えた直後のことである。その頃私は、しばしば中高等学校時代の恩師・岡谷潮《うしお》先生のお宅にお邪魔していた。その日も遊びにうかがうと、彼がひょっこり現れた。潮先生のご主人・公二氏と山川は、慶応幼稚舎時代の同級生(正確にいえば同学年)だったのだ。私は知らなかったけど、おそらくご夫妻が引きあわせてくださったのだろう。彼は三十一歳、色白、切れ長の眼、面高なお雛さまのような顔立ち、好みもなにも、小学校から大学まで一貫して女子校育ちの私にすれば、頭頂部の危ないおじさんの小説家という、まったく無縁の人をもの珍しく思うだけだった。

年が明けて、能に誘われた。やはり幼稚舎時代の学友だった橋岡久共《はしおかひさとも》氏が演じるそうだ。水道橋の能楽堂で見た「巻絹《まきぎぬ》」は、ドラマ性の少ない地味な演目で、私は盛大に居眠りしてしまった。

そういえば嘉巳は、結婚してからもたびたび公演に連れ出してくれた。なかには十一代目団十郎の襲名披露なんて華やかなものもあった。当時絶大な人気を誇った〝海老さま〟がお家芸の助六に扮し、黒羽二重の衣装、紫の鉢巻、蛇の目傘をバサッと廻し、膝を割って見得をきる。興奮する私に、嘉巳は、「歳とったらこの襲名披露を体験したって孫に自慢したら?」とひやかした。孫どころか子供にだって恵まれずに終ったけど。

ベルリン・オペラ来日公演のときは「ヴォイツェック」が演し物で、大がかりな舞台装置に圧倒された。不倫した妻を兵士の夫が殺すという暗い内容のそのオペラは、私には耳慣れない曲だったけど、彼自身はかつて武満徹氏のお宅で「ヴォイツェック」のレコードを聴かせていただいたことがあった。鎌倉の佐助ヶ谷《さすけがやつ》で療養生活を送っていた頃の武満さんご夫妻をお訪ねするのは、嘉巳にとっての楽しみだったようで、時には一緒に江ノ島の水族館に遊び、魚たちの顔に友人の顔をダブらせては大笑いしたとか、そんな思い出を語る時の嘉巳の顔はいつもやわらかかった。

お能から後、山川からは時々手紙が来たり、電話がかかったりした。月に一、二度、私の学校の帰りに会っておしゃべりする。

五月のある休日、大磯の海岸に近い中華料理店へ誘われた。旧東海道の松並木に面した店で、伊藤博文の旧居を直したものだとか。料理を前に、山川がちょっと目を据え、思いがけないことを言い出した。

自分には癲癇《てんかん》の持病がある。子供の頃に自家中毒をおこすなど身体が弱くて、当時は最新治療とされていたレントゲン照射を受けたせいかもしれない、けれども原因はわからない。十代の頃、日本画家だった父・山川秀峰を亡くし、いろいろな事情があって今まで結婚を考えないできた。こんな自分だけど、一緒になることを考えてくれませんか?

驚いた。会えば話が面白いし、好奇心満々の私には学ぶこともとても多かった。でも、結婚なんて、私にはあまりに遠すぎる。「私まだ子供だし、学校行ってるし」、おたおたとそんなことを言っているうちに、ぴょんと、「します、私でよかったら」と口から飛び出した。どうしちゃったんだろう。ただ、今思いかえしてみても、単に成り行きで出た返事ではなかった、と思う。OKと言わなくちゃダメ。なぜか天啓のように閃いたものがあった。私なりに自分の性格はわかっていた。よほど尊敬し、信じられる人でなければ心を許せない。自分では気づかない心の奥底でもう彼を受けいれていたのかもしれない。

申しこんだほうも、受けたほうも、お互いにちょっとびっくりしあっていたみたい。私たちは初めて握手した。

第六感に身をまかすみたいにOKしたものの、現実となるとまるで実感が伴わないし、正直、不安も大きかった。まず、私の両親が知ったらどんなに仰天するだろう。今から四十年近く昔のこと、医者という〝堅気〟な家からすれば、小説を書いて暮すなど、不安定な職業としか思えまい。それからほとんど一廻りちがう年の差のこと、しかも彼は上に二人の姉、下に二人の妹に挟まれた一人息子。その五人を、未亡人として苛酷な戦後をしのいで育ててあげた母親。

でも、山川はよくフォローしてくれた。それまで一度も会社勤めをしたことがなく、したくもなかった男が、寿屋（今のサントリー）のPR誌「洋酒天国」の編集部へ〝オツトメ〟に。正式に婚約が決まるとやめてしまったけど。

私自身のぼんやりと自信がなかった気持がしゃんとかたまるまで、そんなに時間はかからなかった。それには彼の手紙も大きな力になってくれたと思う。

「僕は、自制心というより自己防禦というか、とにかくひどくガードの固い人間ですが、いったんそれを外してしまうと、堰を切ったみたいになんかとてもわがままな馬車馬のような自分が、だらしなくむきだしになってしまうようです。われながら呆れます。それがあなたをこわがらせなければいいと思います」

なんのこわがるものですか――。

この長い歳月、私は彼の書いたものをとても読みかえせなかった。今だってきつい。しかし、彼が「ヘソの緒切ってはじめて」書いたという手紙のこの一節は、私の心の一番弱いところを衝いたと思う。私だって、相手が嘉巳だったからガードを外せたんだよね、私は今もそっと、そう思っている。

一九六三年十月、私たちは結納をかわした。

最初で最後の夏

かつて、赤坂の山王日枝神社のすぐ隣に、東京ヒルトン・ホテル（現キャピトル東急ホテル）があった。一九六四年五月十六日、仲人を方夫の慶応時代の恩師・佐藤朔先生ご夫妻にお願いして、私たちはホテル内の出張神社で挙式、披露宴を開いた。その時、山川34歳、私22歳。司会は三田の先輩、遠藤周作氏にお引き受けいただいた。「今日は美空ひばりの生れた記念すべき日です」。遠藤さんは宴をもり上げて下さった。

新婚旅行は関西へ。両親が京都出身だった山川には近しい土地だったけど、初めて古都の洗礼を受けた私には、見るもの食べるもの、何もかもが珍しかった。京都から奈良へ、そして志摩へ、嘉巳（方夫の本名）は一緒になってたっぷり遊んでくれた。

二宮の新居は義父が疎開用に建てたもので、大屋根づくりの田舎風数寄屋建築といえばいいか、嘉巳によると「戦時中の建物だから材木の質はいまひとつ」とのことだったが、吉田五十八設計によるその家は、大きな雀のお宿みたいで私には面白かった。

玄関は夏蜜柑の木の傍にあった。桟の太いがっちりした腰高障子で、時代劇みたいに太い心張《しんば》り棒を支《か》って戸締りする。入り口から台所口まで土間がつづく。左手に客用のあがり框《がまち》。右手奥の台所は、壁もなくて、まるで土間にうかぶ板敷の小島のようだった。料理はそこからスノコをわたり、段を上り、廊下を横切って茶の間へと運ぶ。不便じゃないかと嘉巳は気遣ってくれたけれど、私はそれらをひっくるめて楽しんでいた。一度、ようやくできた料理をお盆ごとひっくり返してちょっと泣いたことがあったけど。

この家の空間は変化に富んでいた。座敷は太い梁《はり》をむき出しにした吹きぬけ、隣の茶の間は煤竹《すすたけ》をはった低い天井、奥の四畳半が私の部屋。中二階の納戸には山川の資料類、そして二階はすべて彼のスペースだった。天井まで届く本棚をしつらえた広い書斎のまん中に、ドンと仕事机がおいてあった。書斎の奥にはベッドのある小部屋がついていた。

自由業の男と、卒業してすぐに主婦となった女。ふたりの恐る恐るの日常が始まった。

まず、食事の時間が問題だった。私が思うに、戦中戦後が育ち盛りの時期にあたった人は、総じて〝飯焦《ままい》らじ〟みたい。

ある時、訊いたことがあった。「今までで一番口惜しかったことって何?」。すると彼は、戦後まもない頃、貴重品だったチョコレートを飲んじゃったこと、という。ひとかけ貰ったチョコレートを口に入れたとたんに妹から背中をたたかれ、その拍子に飲みこんでしまった、チョコの味がただひとすじ、口からのどに残っただけ、としきりに残念がっていた。

そんな人だから、「ご飯どうする?」「そろそろ食べるか」となるともう待ったなし。あわてるほどに料理は手間どる。彼の額にスジがうかび、顔が強張る。ああ、焦らついている! 口卑しくはないのだけど、空腹には我慢できないようだった。

食物の好き嫌いはけっこうあった。肉なら毎日でもOK、でも野菜はあまり好かない。特にトマトや茄子が嫌いで、「僕はナス科の植物が苦手でね」。ちゃんと理屈を言うのだ。彼が手放せなかった煙草がナス科だと最近になって知った。もっと早くわかっていたら、あの時、言い返せたのに。

とまどいながらも、やがて一日の大きな流れができあがっていった。執筆はいつも夜だった。夕飯ののち、ひと休みすると、嘉巳は二階にご出勤。大工さんのお茶用に出すような大きな土瓶にほうじ茶をたっぷり、大ぶりの湯呑と灰皿も必需品だった。用事があれば土鈴《どれい》をガラガラ鳴らすことに。新婚旅行で寄った松坂の鈴屋《すずのや》旧宅でもとめたそれは、本居宣長愛用の古鈴を摸したものらしい。でもほとんど鳴らさない。手のかからぬ夫だったと思う。執筆中はアンタッチャブル。それが暗黙の約束事だった。

この家は、当時すでに珍しくなっていた五右衛門風呂を備えていた。お釜に抱かれるようにしゃがんでいると心地良い。焚きつけに使うのは書き損じや鉛筆の削りかす。私は眠る前に太い薪を一本、放りこんでおく。すると朝まで熱くて彼は好きな時間に入浴できる。時間の不規則な我が家には便利なスグレモノだった。

そして、午前中に降りてきて、朝昼兼用の食事をとってから眠る。夕方五時近くになると、「アトムが始まるよー」と私は声をはりあげる。当時、テレビで手塚治虫のアニメが放映されていて、彼はファンだったのだ。嘉巳はぐっすりと眠る質の人で、寝起きも悪くなかったし、基本的に朗らかだった、と思う。実は秘かに心配していた彼の持病の発作は、ついに一度もおこらなかった。気分が怪しくなったことはあったらしいけれど……。

この家の何よりの喜びは、庭からいつも目の高さに見える海だった。生え放題の芝生が波うつ庭には、三抱えもある斑入《ふい》り薄《すすき》の大株が小山をなしていた。庭の果ては、崖状に浜辺へと落ちこんでおり、その際《きわ》近くにひょろりと高い松が、たえず潮風にさらされた結果、微妙に身体をくねらせた姿で立っていた。あとは朴《ほお》の大木が一本、そしてデッキチェア、結婚に際して作ってくれた立派な蒲団干しの台。そんな、視界をさえぎるものがほとんどない風景ごしの海は、塗り壁のようにそそり立って見えた。晴れればピカピカに輝く青色の、曇れば重たげな鈍《にび》色の海面。海の機嫌が即、庭の雰囲気を変えた。

長いこと、心の中で封印してきた思い出袋にちょっと穴を開けたら、自分でも驚くほど生《なま》な記憶がポロポロと洩れ落ちてくるのを止められない。いったい、こんな私的なお話を書き連ねていいのだろうかと案じながら……。

ある明け方、宵っぱりだった私がまだ起きていると、二階から降りてきた嘉巳に「浜へ行かないか」と誘われた。二宮の海は磯魚に恵まれていて、釣り人をよく見掛けたものだ。昇りそめた朝日のなか、手をとりあって崖の道を降りていった。浜では朝の地曳網《じびきあみ》漁の最中だった。地元の人たちに混っての、頼まれもしない非力な助っ人だったのに、網元さんはピチピチはねる魚たちをわけてくださった。鯵《あじ》、魣《かます》、そして小鯛。意気揚々と獲物を持ち帰り、私は初の干物作りに挑戦した。魚を背開きにし、濃い塩水に漬け、物置の屋根に並べてひと眠り、夕方の食卓にはトレトレの地魚の干物が並んだ。

小舟で海に乗り出したこともあった。釣りに行ったのだけど、沖に出たところで、私が席を動いた拍子に小舟がひっくり返った。私よりも体重の軽い嘉巳は、空中高く飛んで着水したそうな。嘉巳は何処？　私は「おびえた河豚《ふぐ》」のような顔で立ち泳ぎしていたらしい。舟の仕切り板などたくさんの板片が漂うなかから、彼がようやく顔を出した。「舟に巻きこまれたかと思ってさ、何度も潜って探したんだ」って。

夜更けの黒々とした海に入り、夜光虫をかきわけて泳いだこともあった。動きに反応して光る夜光虫を、指に腕にとスパンコールのように散らして泳ぐ。きれいと思うより、水の重さと底知れなさが怖かった。でも、彼が隣にいた。陸の嘉巳より海のあの人のほうが頼もしかったかもしれない。

どんなに暑い日でも、潮の香を織りこんだ風が、家の隅々までを梳《す》くように流れていった。

夏のある夕べ、雨戸を閉めようとして、強い磯の香と、むせるような夏草に、名残りのくちなしの香をひとたらし添えたような匂いに囲まれた。今でも時たまそんな匂いに出会うことがある。あの懐しい二宮のひと夏の匂い、私は思わず目を閉じて動けなくなる。

ようこそ、はるばる二宮へ

新幹線は、東京オリンピック開催にあわせて、一九六四年の十月に開通した。その春、関西に新婚旅行ででかけた時には、特急「はと」に乗り、京都まで七時間半はかかったのではなかったろうか。そんな時代だから、東京から七十五キロの距離にあって、東海道本線沿いにあるとはいえ、鈍行しかとまらないし、ラッシュ時をはずせば一時間に二本くらいの電車しか来ない二宮へは、今よりも距離感があったと思う。遥々と遠いイメージもあって、二人で暮した九ヶ月のあいだ、訪問客はそう多くはなかった。

今でも鮮かに印象に残るのは芥川比呂志さん。季節は秋。爽やかなある日の午後だった。氏はその頃、劇団「雲」のリーダーで、その文芸路線のひとつとして、山川の作品をとり上げることを考えておられたらしい。自分の用事なのだからと、わざわざ二宮までおこし下さったのだ。初めてお会いするホンモノの芥川さんは、渋くて実に素敵な紳士だった。山川との話がはずんでいる様子に、私はそっと買物に出た。ささやかながらお夕飯を差しあげたかったのだ。まず地揚がりの魚を扱う店へ。日によって店先に何が並ぶかわからない。よかった、天然のカンパチが揚がっていた。お刺身をメインに、ほんの一汁二菜ほどの粗餐《そさん》しか用意できなかったのに、芥川さんはカンパチに舌鼓をうち、ご飯のおかわりもして下さった。

夜になって、東京に帰る氏を、二人で二宮駅までお送りした。その頃の駅舎は、木造のささやかなもので、ホームへは、線路をまたぐ階段を昇り降りして辿りつく。改札口を入った芥川さんは、どうぞお帰り下さいと仰言ったけど、もちろん、最後までお見送りしたかった。芥川さんの姿が階段を昇って消えた。

あたりはとっぷりと暮れ、人影もないプラットホームだけが、まるで舞台のように、長く白く浮かびあがっていた。階段を降りきった氏は、前を向いたままの姿勢で数メートル歩まれ、そうしてふと改札口に目をやり、私たちが見送っているのを知る。そこでハッと驚き、やあと恐縮され、お引き取り下さいと手で合図される。電車が来るまでまだ時間はあって、細っそりした芥川さんが、長いホームをコツコツと遠ざかり、またゆっくりと戻ってくる。

そうした立ち居振舞のすべてが端正で美しく、私たちはうっとりと見とれたまま、芥川さんの姿が上り電車のなかへ消え、その尾灯が見えなくなるまで、改札口にもたれかかっていた。

「なんだか、上等のお芝居を見ていたみたい」

「芥川さん、このところ身体を悪くされて、舞台に立つことできなかったからね」

月明かりのなか、二人とも満足して、我家に帰った。


やがて冬が来た。海岸の家は、日ざしのある昼間こそぬくぬくしていたが、夜になると風が出てぐっと冷えこんだ。茶の間にしつらえた炬燵《こたつ》にすっぽりと入りこんで、テレビを見たり、おしゃべりしたり。すると、床下からパタパタ妙な音がする。

「何？　まさか鼠じゃないよね」。鼠恐怖症の私はギョッとしたが、それは犬が尾をふる音だった。

この家には、私たちが暮らしはじめる前から、小さな茶色の先住者がいた。捨て犬同然だったその犬は、身体が小さいくせに、変に人なつこい。海に向かって開けた庭は、近所の犬たちの恰好の遊び場になっていた。庭を犬が行列していく。そんな時、大きい犬を先頭に、しんがりをつとめるのがいつも、家つきのこの犬だった。お腹を草でこすりながら、短い足でせっせとついていく。愛想笑いとしか見えない顔。私たちにも、よその犬にも、しきりに気をつかっていた。名無しのこの雌犬を、私たちは「バカメちゃん」と呼んでいた。

床下にむかって「バカメや」と呼びかけると、彼女はキュンと鳴き、パタパタの音がひときわ大きくなる。ちょうど炬燵の真下にいて、私たちの団欒《だんらん》に参加していたのだ。こうして、一間四方のなかに、二人と一匹、寄り添って、冬の夜が過ぎていった。

歳も明け、私たちが迎えた最後の客が、虫明亜呂無《むしあけあろむ》さんだったと思う。どういうことで山川と親しくなったのか、今ではもうわからないけれど、帽子がよくお似合いで、とても慇懃《いんぎん》な口調のなかにおかしみを漂わせる方だった。スポーツ、ことに野球や競馬などの娯《たの》しみごとにくわしく、名エッセイストとして知られていた。

ある晩方、どこからかの帰りがけに、ふと思いたって立ち寄られたのだと思う。勝負ごとのお好きな氏は、「何かゲームをいたしましょう」と提案された。あいにく、我家にあったのはダイヤモンド・ゲームだけ。あの星形の六角形の盤の上で、駒を移動させるゲームである。三人で遊びはじめたが、どういうわけか、名うての勝負師・虫明さんが勝てない。私たちがその場限りの単純な駒の進め方をしているのに、虫明さんは、先手先手と深読みしすぎて、それが裏目に出ていたらしい。一時間、二時間、一ゲーム終ると「もう一度」。私たちは、「なんとか虫明さんに勝っていただかなくては」とこっそり話しあい、手を抜いてみたりするのだけど、どうしても勝っていただけない。ついに終電が出てしまった。虫明さんの顔が赤らんでくる。ピョンピョン、ピョンピョンピョン。果てしなく駒を進めているうちに、ついに夜が明けてしまった。

先日、テレビで「ポネット」という映画を上映していた。六、七歳の幼女ポネットが、突然の事故で母を亡くす。彼女はそれが納得できない。「死」ということがどうしても理解できない。ポネットが父親に訊く。「死んだらママンはもう帰ってこないの?」なんだ、私と同じ。眼を見開いたまま、涙がとめどなく流れた。といっても、私は彼が死んだ時に、もう二十三歳になっていたのだけど。私もポネットのように、正面きって父に、「今まで死んで帰ってきた人っていないの?」と子供みたいに尋ねてしまったものだ。娘にそんなことを訊かれたかわいそうな父。「いない、と思うよ」と苦し気に答えてくれたっけ。

三十三年目の二宮

長い長い間、東海道線で通ることはあっても、二宮の駅が近づくと、私はうつむいてしまった。本に読みふけるふりなどして、やりすごした。海沿いに西湘《せいしょう》バイパスが開通してからは、その道を車で通ることはあったのだけど、〝あそこ〟を正視することはとてもできなかった。

二宮を離れて二十年も過ぎた頃、今日こそはと思って、電車の窓から目をこらしたことがある。大磯を過ぎて、やがて二宮が近づく。左手に、ひょろりと高い数本の松が見えれば、その下に〝我が家〟がある……。そう思ったとたんに涙が盛りあがってきて、視線がぼやけた。この里のとっつきにある窪地は、ちょうど桃や杏の花盛りの時期だったけれど、次々と溢れてくる涙で、目の奥に、ピンク色の靄が残っていただけ。

苦悩や不幸をテーマにした小説は多いけれど、幸福を描いた文学があってもいい。真面目な顔をして山川がそう話していたことがある。でも何をテーマにするにせよ、書くということは、どうやら魂を抜かれるような作業らしい。執筆中の山川は、顔をあわせても、まるで焦点が私の背後にあるような、どこかうつろな眼をしていたから。

それだけに、根をつめた仕事が終ると、彼自身、気分を変えたかったのだろう、平塚や小田原など近隣の街によく繰り出した。アントニオーニやアラン・レネなど難解な映画の評論をものしていた人が、そんな時には駅前シリーズとか、植木等の無責任モノなど気楽な娯楽映画を選んでバカ笑いし、能天気に楽しんでいた。

結婚後初めて、近くの箱根の温泉へ、泊まりがけで遊びに行ったのは一九六四年の冬、一月末のこと。目が覚めると、夜の間に降りつもった雪で、山も谷もまっ白の別世界が出現して、私たちを喜ばせた。残された日がもう少ししかないことを知るはずもなく、私はどれほどはしゃいで、雪道を歩き、滑る河原の石を伝って遊んだことだろう。

二月二十日に山川が逝った。そして、共に迎えられなかった春が来た。裏庭の桃林は花盛りだったろうか、竹藪では鶯が鳴き交していたろうか。私はこの春の二宮を記憶していない。

わが家から五分たらずの、二宮駅にすら足を向けることができなかった。山川が事故に遭った国道をつっきらねばならなかったから。やむを得ず上京する時には私は車で裏道を抜け、隣町の大磯駅から電車に乗った。身体が固型物を拒絶するので、みかんしか口にせず、だから掌《てのひら》はまっ黄色になった。そしてお酒と煙草。それまでは、二人でお祝いごとをする時の、ビール一本さえもてあましていたというのに、アルコールなら何でも、訳がわからなくなるまで飲んでしまう。ハイライト一本槍だった山川のために、煙草はいつも二十箱入りカートンで買ってあった。新しいカートンの封を切るか切らないかの時期の突然の死だった。山川はほとんど体臭がない人だったから、煙草の匂いが嘉巳（山川の本名）の匂い。私はおずおずと残りの煙草を吸い始めた。

九ヶ月の結婚生活で、私は十キロ太った。大きなブリキの缶二つを、おせんべいやクッキーでいつもいっぱいにしていた。嘉巳は、「小説家は書けなかったら一円も入ってこない。次の小説の準備に没頭して書かない時期もある。或る小説家の奥さんは、一年分の生活費は貯めているそうだよ」と、それとなく私に節約を説くのだけど、「煙草と同じ嗜好品だもの」と私はカンを手放さなかった。

そんな私も、嘉巳が死んで一年で、二十キロ瘦せた。プッと膨らみ、スッとしぼむ、夜店の飴の鳥みたいに。

それにしても、身近な人に死なれると、どうして罪の意識にとらわれるのだろう。そのずっと後、父が七十八歳で病死した時には看病できたけれど、それでも娘としての至らなさを詫びる気持がいつまでも抜けなかった。まして、あまりにも突然すぎた山川の死。私はひたすら罪の意識にうちのめされた。「ごめんなさい」という気持がふくらみ、私の中に居すわった。

葉書を買い忘れていてごめんなさい。もし山川が郵便局に寄らなかったら、そして時間が一分でも違っていたら——、事故に遭わなかったのに。私は姑の前に膝をつき、あやまった。なんだかみんなにあやまってまわりたい、そんな気持でいっぱいだった。人の一生の幸、不幸の量が決まっているとしたら、一生分の幸福をたった九ヶ月で使いはたしてしまったと、当時の私は思いこんだものだ。そんな状態の私に、追いうちをかけるような心ない方もいた。電話してきたある友人の夫人に、山川が生活にとても疲れていたといわれてしまう。そういえば、死の十日程前、山川はその友人宅に泊まっていた。帰宅した彼から、彼らの夫婦喧嘩にまきこまれてよく眠れなかったこと、新婚とはいえ我が家も同じと、いろいろ話してなだめてやったときいていたっけ。サービス精神旺盛な山川のことだから、私たちのことを面白おかしく話したに違いない、そう思ってはいたけれど……。夫人の言葉を聞かされているうちに、頬の皮膚の内側を、血がチリチリと降りていった感覚は今も忘れることができない。

添いとげたかった。いや、離婚したかもしれなかった。正面からぶつかり合いたかった。この世のことはこの世で解決したかった。でも結局、私は宙ぶらりんのまま、自分の尻尾を自分で追いかける犬みたいに、ぐるぐると同じ場所で堂々めぐり。わがままで気が強い私、なぜ、もっと心遣いしてあげなかったの、自分の欠点がくっきりと見えてきて、それが私を苦しめた。もう、山川の家族にも友人たちにも会いたくない。

そんなある日、フラッと一人、崖の道を浜へと降りていった。空も海も灰色一色の世界、すぐ右手に、箱根連山から伊豆半島へ、長々とたたなづく山並が、黒い影のようにのびている。左手の海に、江ノ島が「皮の焦げた塩ジャケ」と山川が書いたとおりの姿でポツンと浮かんでいた。ドーン、ドーンと、波がおなかに響く。二宮の海は、相模湾に多い遠浅ではなくて、波打ち際近くでいきなり深くなる。だから、海は浜にぶつかって、大きく砕けるのだ。砂粒も大きく粗い。

「男には、自分の信念や思想に殉じるためなら、洗面器いっぱいの水で死ねる人がいるんだよ」。嘉巳がそんなことを言っていたっけ。洗面器どころか、果てしなくも厖大な海水の塊を前に、私は茫然としていた。砂に涌《わ》いた小蝿の群れが執拗に私にまとわりつくなかで、波音に揺さぶられ、涙も出ずにただ立ち尽していた。

その翌年、恩師のお気遣いで母校に講師として勤めはじめ、さらに大学院でも学ぶことに。そして昭和四十三年に出版社に入社、装幀の仕事に携わり、その後「芸術新潮」編集部に配属された。ようやく、生きるということの手応えを感じるようになっていた。それまでは、どんなに美しいもの、残酷なものに出会っても、網膜の上をすべっていって、何も心の内側に入ってこない。時間が癒すなどといわれても、自暴自棄になっていって、私は反発しか感じなかったけど、今思うと、その頃から少しずつ、カチン玉になっていた心の硬い膜が柔くなってきていたのかもしれない。「芸術」などというと、妙に高尚なイメージがあってたじろいでしまうのだけど、実はもっと直截で、人の原始の心を刺激するエネルギーに充ちていて、私を知らんぷりさせておかなかった。今の仕事にすっかり魅きこまれたまま三十年余り、たえず新鮮に驚きつつ、「芸術」につきあっている。

でも〝あそこ〟へはなかなか行けなかった。ようやく二宮の地を踏むことができたのは、つい二年程前のこと。たまたま用事があって二宮の近くに出かけたのである。

思いきって降りた駅は、まるで当時の面影はなく、あっけらかんとした建物にかわっていた。ふと昔の家に行ってみようかと思った。今日なら大丈夫、行けるかもしれない。相変らずほこりっぽい国道を渡る。ここで嘉巳は、はねられた。速足で抜ける。このまま、まっすぐ海に向かえば〝家〟があった所。四つ辻の小さな雑貨屋さんも消えている。かつての里めいた雰囲気を私は必死で探していた。〝家〟のあたりはどうなの？　濃い潮の香が匂う。ドキドキする。いっそすっかり変わっていてほしい。いえ変わらないでいて。

変っていた、もちろん。雀のお宿をそのまま大きくしたような風雅な家屋はどこにも失く、地所も小分けされ、それぞれ見知らぬ家が建っていた。頭に血がのぼって、私はそこらじゅうを駆けまわる。海へ降りる崖のなつかしい土道は、コンクリートで段々に固められていて、目の下の西湘バイパスを、うなりをたてて車が次々に過ぎていく。

でも、ここから見る、壁のように立ちはだかる海の高さは、私が覚えているままじゃないか。そして、あの松の木。ほっそりと高く、軽く傾いだようなその姿態は、昔どおりだった。小雨があがり、空のそこかしこに青空が広がり始めていた。けれどもなぜか、〝家〟があった頭上にだけ、おなべにふたをかぶせたように、どんよりと低く雲がかたまっていた。

崖が崩れかけたところに、見知らぬ濃い青色の花がかたまって咲いていた。いつかの海のきれはしのような色の、その花を少し摘んで帰った。三十三年目の二宮だった。

二宮の家の庭での山川夫妻　1964年秋（写真提供：日本近代文学館）

編者解説　批評家・エッセイストとしての山川方夫

本書は、夭折した作家山川方夫のエッセイ集である。山川方夫は、一九三〇年東京生まれ。戦後の『三田文学』を復興させた名編集長であり、江藤淳に『夏目漱石論』を書かせ、批評家デビューさせたことはよく知られている。何度か芥川賞候補にもなり、作家として円熟し、最も脂が乗ってきた一九六五年、不慮の交通事故に遭い、死去。まだ、三十四歳という若さであった。

私が山川方夫という作家を知ったのは、一九七〇年代にはいってからで、当時、古書店には冬樹社版の『山川方夫全集』全五巻が揃いで並んでいたが、高価でなかなか手が出なかった。ようやく、端本を見つけて、まず入手したのは、ショートショート集『親しい友人たち』が収められた巻だった。

一読し、驚嘆した。今でも『待っている女』『赤い手帖』『夏の葬列』などを、時折り読み返すことがあるが、その清冽《せいれつ》で哀切な抒情に深く胸を打たれる。中編でも『愛のごとく』『街のなかの二人』といった名作は忘れがたい。

山川方夫はそのあまりに悲劇的な早逝ゆえに、いまだに伝説のマイナー・ポエットとして一部の熱狂的なファンを擁するが、私は、かつて村上春樹の『中国行きのスロウ・ボート』という短編集が刊行された時に、山川方夫の再来ではないかと思ったことがある。

今では想像し難いかもしれないが、初期の村上春樹には透明で乾いた抒情的なマイナー作家のイメージが漂っていたのである。アドレッセンスの翳《かげ》りを硬質で抽象的な言葉によって浮かび上がらせる繊細な文体も、ふたりの親和性を強く感じさせた。

本来であれば、言葉の真の意味での〈青春文学〉である山川方夫の主要作品は、手軽で安価な文庫本で読まれるべきだが、現在、ほとんど絶版状態であり、十年前に出た筑摩書房版の『山川方夫全集』全七巻も高価格なため、とうてい若い世代には手が届かない。

そこで、山川方夫の魅力を幅広い世代に知ってもらいたいと思い、エッセイ集を編むことにした。というのも、彼のエッセイ、批評はその小説世界と不可分なものと思えるからである。

第一章には主に文芸評論を収めた。江藤淳、石原慎太郎、大江健三郎、曾野綾子といった同世代の作家のスケッチがあり、なかでも印象深いのが「中原弓彦氏について」というエッセイである。獅子文六の『町ッ子』の書評などは、若々しい老境を描き出す作家への讃嘆と、〈成熟〉への憧れが率直に吐露された秀逸なエッセイである。

第二章は東京論、恋愛論などを収めた。第三章は映画にまつわるエッセイを収めた。

実は、本書で私がもっともクローズ・アップしたいと考えたのは映画評論なのである。

山川方夫の小説やエッセイの中に繰り返し現れるのは、「一人きりの人間は、じつは「人間」ではない。人間を「人間」にする最小の単位は一人ではなく、二人である」（「正常という名の一つの狂気」）という痛切な認識である。山川方夫は、このオブセッションのようなキー・ワードを携えて、世評高い作品すらも、容赦なく解剖し、裁断していく。

たとえば、「『情事』の観念性」では、当時、一世を風靡《ふうび》したミケランジェロ・アントニオーニの問題作を俎上に載せている。

「彼にとって、愛はおたがいのあいだの「信頼」ですらなく、他者と自分とを一つにくるむような「錯覚」でも「誤解」でもなく、したがって、そこにどんな連帯の夢想もよろこびも保証してはくれない。……つまり、いっしょに理由のない個々の存在としての自分に耐えることの、その仲間意識以外に、人間は人間とは結ばれえない。『情事』においてアントニオーニが描いたのは、要するに、以上のような「人間たちの風景」であるにすぎない。」と、当時、〈愛の不毛〉などと持て囃されたアントニオーニ解釈にまつわる悪しき文学性、固定観念を批判している。

しかし、そのいっぽうで、「この映画の主要人物のすべては、ほとんどいつも「一人きりの目」をしている。まるで未知の異様な物体をながめるように、ときどきまじまじと相手を見つめなおす。そして、まるで床に撒かれた小豆粒の一つ一つのように、それぞれが単独な「個」でしかなく、いくつかの「物」としてたがいに存在しているのにすぎない。──かれらは、かれらにとっては、「愛」もまた、その「物」と「物」の関係を越えるものではない。」

と、かつて誰も試みたことのない独創的な〈読み〉を提示してもいるのである。というより、ここで執拗に批判されている『情事』と、たとえば山川の『愛のごとく』はなんと似ていることだろう。このアントニオーニ批判は、いわば裏返された苦い自己批評といえよう。山川方夫の優れた映画批評においては、たとえそれが苛烈な批判でも彼自身のモラルと作家的信条が賭けられており、それゆえ小説家の余技といったレベルを超えて、説得力を獲得するのである。さらに、映画を介して自己のありうべき作品世界を開陳する、一種の倒錯性すら帯びるのだ。

その山川の映画評論の最高傑作が「増村保造氏の個性とエロティシズム」である。この論考において、山川は、増村の初期の傑作『妻は告白する』の若尾文子について次のように書く。

「僕は、彼女のもつ一切のものが動員され綜合され、あの「彩子」という人妻とぴったりとかさなりあい、そこになまなましい一人の「女」がむき出しにされているのを見た。あの画面には女そのものの裸体が、強烈なエロティシズムとともに動いていた。僕たちはそこに呼吸のつまるほどなまなましく、美しい一人の女を見たのである。」

冷静な論理の運びと迸《ほとばし》るような熱狂的なオマージュがめざましく共存する、この見事な長篇エッセイは、まさに真の〈肉声〉によって語られた映画評論の極北といえるのではないだろうか。

山川方夫という稀有な作家の内面世界を深く理解する上でも、これらの映画評論はきわめて重要であると私はひそかに確信しているのだ。

本書をささやかなきっかけにして、山川方夫の作品がふたたび注目されることを願っている。最後に、本書の企画にご賛同いただいた山川みどりさん、清流出版株式会社社長の加登屋陽一氏に深く感謝いたします。

二〇一一年一月吉日

高崎俊夫

ちくま文庫版のための編者あとがき

このたび、山川方夫のエッセイ集『目的をもたない意志』（清流出版）が、ちくま文庫として刊行されることになった。長年の山川方夫ファンにとって、これほど嬉しいことはない。

近年、ちくま文庫からは、日下三蔵編で「山川方夫ショートショート集成」と銘打ち、『箱の中のあなた』『長くて短い一年』の二冊が刊行されており、これをきっかけにして山川方夫の再評価の機運が高まることを期待したいところだ。

今回の文庫化にあたっては、筑摩書房版『山川方夫全集』に依拠して、原則として初出の掲載時のタイトルに戻し、新たに「可笑しい奴――西島大君のこと」「あの頃」「山を見る」「「ザ・タリスマン」白書」「『肉体市場』」「『オルフェの遺言』」「『キングコング対ゴジラ』」の七篇を加えている。さらに付録として筑摩書房版全集の月報に掲載された妻・山川みどりさんの四篇の回想的エッセイを再録している。

十四年前に元本が刊行された際には、意想外に数多くの書評が出たが、中でも印象に残ったのは「週刊ポスト」に載った坪内祐三さんの書評の次の一節である。

「個人的に私の胸に一番強く響いたのは（何故なら山川方夫のエッセイは素晴らしいに決まっているから）、編者高崎俊夫の解説だ。高崎氏は言う。「私は、かつて村上春樹の『中国行きのスロウ・ボート』という短編集が刊行された時に、山川方夫の再来ではないかと思ったことがある」と。そうまったくその通り。私もそう思った。……（中略）……山川が六十代まで生きていたらどのような作品を書いたのだろうか。そして八十歳の山川は村上春樹のことをどう思うだろうか。」

さらにもう一人、堀江敏幸さんは毎日新聞の書評において、本書で最も重要なのは映画をめぐる考察であるとして、こう指摘している。

「単に映画論と呼ぶことも不可能ではないのだが、実際には山川方夫の人生観と小説観の、いまだ傷みをともなう「観念的な」再確認作業に近い。そして、なかなか抜けきれないその観念性にこそ、彼の文章の大きな魅力がある」

実は、最近、初めて筑摩書房版『山川方夫全集』の月報を通読し、堀江氏が「ふたつの週末」と題した、村上春樹の「土の中の彼女の小さな犬」（『中国行きのスロウ・ボート』に収録）と山川方夫の「ある週末」との類似点を詳細に分析した論考を寄せていることを知って、とても驚いたのである。堀江氏は次のように書いている。

「ふたつの週末が教えてくれるのは、じぶんをとことん追いつめ、「僕がいない」と言わしめる山川方夫の張りつめた孤独の相貌が、半歩下がって間合いを取り、ひんやりしたガラス珠演戯をつづける村上春樹の単独者たちへと吸収されるまでに要した二十年という歳月であり、それを一瞬で打ち消してしまう彼らの感覚の濃度である。いま私たちが文学の場で他者に差し出す手は、どちらの体温を引き継ぐべきなのだろうか。」

今回、ちくま文庫に新たに収録した「『ザ・タリスマン』白書」は、短篇「お守り」がエドワード・G・サイデンステッカーの英訳で「ライフ」誌に掲載されるに至る顚末《てんまつ》を綴った興味深いエッセイだが、近年、山川方夫の短篇がその都会的な洗練さ、繊細な感覚においてジョン・チーヴァーやジョン・アップダイクといった〈「ニューヨーカー」派〉の作家たちに比較されるのは故なきことではない。ある意味で、山川方夫は、今や「ニューヨーカー」の常連作家となった村上春樹のはるかなる先駆者でもあったのではないかと思う。

前述のごとく、今回の文庫化で特筆すべきは山川みどりさんの回顧的なエッセイが収録されたことである。山川方夫との出会い、深刻な宿痾《しゆくあ》を告白しつつなされたプロポーズの思い出、夫婦にとって最後の来客となった虫明亜呂無《むしあけあろむ》のユーモラスなスケッチなど山川のプライベートな相貌が垣間みえる、哀惜に満ちたエピソードが次々に披《ひ》瀝《れき》されているのがきわめて貴重であると思う。

山川みどりさんは一九六四年、聖心女子大学卒業後の五月に山川方夫と結婚している。そして翌年二月に山川が交通事故で逝去。わずか九ヶ月の新婚生活であった。その後、六六年から二年間、母校の湘南白百合学園に講師として勤めながら、聖心女子大学大学院で国文学を学んだ。六八年、新潮社に入社し、八二年から十九年間、「芸術新潮」の編集長を務めた。二〇〇一年に新潮社を定年退職後、同社の季刊誌「考える人」に、定年後、信州の別荘での悲喜こもごもの田舎暮らしをテーマにしたエッセイ「六十歳になったから」を二十三回にわたって連載している。みどりさんは、この連載が終了した後、古巣である新潮社から単行本化されないことを残念がっており、自費出版しようかと悩んでいると打ち明けられたことを思い出す。

二〇一一年、私は清流出版の社長だった加登屋陽一さんに本書の企画を持ち込んだところ、冬樹社版の全集を揃えているほどの熱烈な山川方夫ファンである加登屋さんは、すぐさま快諾してくれた。さらに、加登屋さんは山川みどりさんの「六十歳になったから」を読み、その文章の巧みさに惹き込まれ、同世代に受けること間違いなしとの太鼓判を押すや、自ら『還暦過ぎたら遊ぼうよ』とタイトルをつけて、刊行することが決まった。私は、この時の加登屋さんの大英断には未だに深く感謝している。

この二冊を上梓して以後も、山川みどりさんとは、何度かお目にかかる機会があった。これほどの才筆であれば、妻の視点による一冊のまとまった山川方夫をめぐる回想録も書けるのではないか。そんな想いをみどりさんに投げかけたこともあった。

みどりさんと語りあう中で、ひと際、記憶に残っているのは、山川が亡くなった後、しばらくのあいだ、文学者や編集者、とりわけ「三田文学」関係者との付き合いをずっと遠ざけていたという述懐だった。そこには複雑な人間関係も看取されたが、かえって、それゆえに「芸術新潮」編集部に配属され、それまで未知であったアートの世界に大いに刺激され、のめり込んでいったことには得心が行った。そして、『目的をもたない意志』の刊行を機に、長い間、目を逸らし続けてきた山川の書いたものにも、きちんと向き合わなければという心境になりつつあるとおっしゃっていたのが強く印象に残った。

しかし、その後、みどりさんは脳梗塞《のうこうそく》で倒れてしまう。実弟の生田信さんのお宅でリハビリを続けておられたが、二〇二四年、逝去された。

私が最後に山川みどりさんとお会いしたのは、二〇一八年三月、県立神奈川近代文学館で開催された「山川方夫と「三田文学」展」においてである。「三田文学」の盟友であった坂上弘氏の「山川方夫――人と文学の魅力」と題した記念講演を聴きに行き、その会場で車椅子に座っていたみどりさんにひさびさにご挨拶をしたのだ。みどりさんはすでに言葉を発することはむずかしかったが、なにか訴えるような表情をみせて、私の手を力強く握りしめたことをよく憶えている。

「山川方夫と「三田文学」展」はとても充実した展覧だったが、寿屋（今のサントリー）のPR誌「洋酒天国」が一冊だけ展示されているのに気づいた。ガラス張りなので、直接、手に触れることは出来なかったが、ああ、これが伝説の「洋酒天国」の映画特集号か、と私はひとりごちた。

山川方夫は結婚前に、一度だけ会社勤めをしている。安岡章太郎の紹介で、「洋酒天国」の編集部に一年数ヶ月ほど在籍していたが、なかでも山川が企画・編集した56号の映画特集は、好事家、山川ファンの間でも入手困難な、いわば垂涎《すいえん》の的になっている一冊なのである。

のちに、「あの時に展示された「洋酒天国」は僕が提供したんですよ」と嬉しそうに語ってくれたのは元東和映画の名物宣伝部長で、川喜多記念映画文化財団の理事を務めた小池晃さんである。小池晃さんは、山川方夫とは慶応の幼稚舎から大学までずっと同級生で、山川に映画批評を書かせるきっかけをつくった重要人物でもある。私も親しくしていただき、『目的をもたない意志』をお送りした時は、我がことのようにとても喜んでくれた。小池さんは冬樹社版の全集第五巻の月報に「映画と山川」と題するエッセイを書いているが、次のような一節がある。

「同じころ、山川は『洋酒天国』の編集を担当していて、映画特集号を出すことになった。彼は、外国の作家がスターについてふれた文章を集めるという企画をたてたが、こちらが考えたほど資料が集まらなくて苦労した。私は、山川といっしょにやった唯一の仕事だということで、あの『洋酒天国』のパンフレットもなつかしい」

最近、その幻の「洋酒天国」56号をたまたま、入手することができた。ここでその内容の一部を紹介しておこう。

「洋酒天国」56号（編者蔵）

森茉莉の「アラン・ドゥロンと私」、古《こ》波《は》蔵《ぐら》保《やす》好《よし》の「Cinema Drinking」、虫明亜呂無の「How to make a star of yourself」、中原弓彦（小林信彦）の「笑いの国の神様たち」、大井広介の「チャンバラああだこうだ」、伊丹一三（十三）の「ヨーロッパ退屈日記」、荻昌弘のー「傍役列伝」、渾大坊《こんだいぼう》五郎の「活動屋放談」、高橋義孝の「活動写真について」。スターについてのコラムをまとめたコーナーは、グレタ・ガルボ（筆者はフランソワ・モーリヤック）、マルレーネ・デートリッヒ（アーネスト・ヘミングウェイ）、マルクス四兄弟（シモーヌ・ド・ボーヴォワール）、フレッド・アステア（ジョン・オハラ）、オーソン・ウェルズ（ジャン・コクトー）、ヴィヴィアン・リー（テネシー・ウィリアムズ）etc。まさに永久保存版といいたい豪華な執筆陣である。

小池晃さんには、試写でお会いした時などに、よくお茶に誘われたが、私はそうした雑談の席で、山川方夫の思い出を伺うのが楽しくてならなかった。

たとえば、小池さんの自宅で、当時、映画・出版業界でおしゃべりで有名だった山川方夫と小林信彦の二人を呼んで、どちらがしゃべり勝つか対決させたという話。最初は文学論、やがて大衆文学論と話題は広がるものの、決着がつかない。ところが最後に小林さんが、『大菩薩峠』のストーリーを始めから終わりまでしゃべってしまい、遂に山川が「参りました」とつぶやき、完全にシャッポを脱いだエピソードは何度聞いても笑ってしまう。その小池晃さんも二〇二二年、亡くなられた。

山川方夫の影響は意外なところにも現れている。最近、名画座で上映され、再評価が高まっている磯村一路監督の『愛欲の日々　エクスタシー』（一九八四年）という日活ロマンポルノの秀作がある。駅のホームで葬式帰りの見知らぬ男女が出会い、ゆきずりの情交にふける。この映画で挿話的に登場する若いカップルは、山川の傑作ショートショート「赤い手帖」にインスパイアされたものである。なによりも全篇に漂う、冴え冴えとした空気感が山川方夫の世界を想起させずにはおかない。

最後に表紙カバーについて付記しておきたい。私は十年前に『親しい友人たち――山川方夫ミステリ傑作選』（創元推理文庫）を編集した際、表紙に武田花さんの写真集『道端に光線』（中央公論新社）の作品を使っている。山川方夫のファンであった武田花さんはその出来栄えにとても満足していた。その武田花さんが二〇二四年四月に急逝してしまった。そこで今回も哀悼の想いを込めて、武田花さんの初期の代表作『眠そうな町』（アイピーシー）から作品を選んだ（カバーデザインは西山孝司さん）。私はずっと以前から、山川方夫の作品と武田花さんの写真にはモノクロームのスナップショットでとらえたような〈死の気配〉が色濃く感じられると思っていた。今回の増補版でもその微かな親和性を受け取っていただければ幸いである。

二〇二五年三月吉日

高崎俊夫

【編者略歴】

高崎俊夫（たかさき・としお）　一九五四年福島県生まれ。「スターログ日本版」「月刊イメージフォーラム」「一枚の繪」「AVストア」編集部等を経て、フリーランスの編集者・映画評論家。編集した書籍に『ものみな映画で終わる――花田清輝映画論集』（清流出版）、『テレビの青春』（今野勉著・NTT出版）、『ニセ札つかいの手記――武田泰淳異色短篇集』（中公文庫）、『親しい友人たち――山川方夫ミステリ傑作選』（創元推理文庫）、『むしろ幻想が明快なのである――虫明亜呂無レトロスペクティブ』（ちくま文庫）ほか多数。著書に『祝祭の日々――私の映画アトランダム』（国書刊行会）がある。

初出一覧

第一章　灰皿になれないということ

灰皿になれないということ　『三田文学』1959年10月号
〝自由〟のイメージ　『文學界』1960年8月号
永井龍男氏の「一個」　『新潮』1960年6月号
サルトルとの出逢い　『世界文学全集』（河出書房新社）第46巻月報、1962年12月

早春の記憶　『グレアム・グリーン選集』（早川書房）第1巻月報、1960年4月

大江健三郎『われらの時代』　「日本読書新聞」1959年7月27日号
高橋和巳『悲の器』　「図書新聞」1962年12月8日号
村松剛『文学と詩精神』　「信濃毎日新聞」1963年2月14日
獅子文六『町ッ子』　「東京新聞」1964年2月20日
可笑しい奴　『「光と風と夢」――青年座第16回公演パンフレット』1959年9月

江藤淳氏について　「北海道新聞」1960年1月3日
中原弓彦氏について　『虚栄の市』（中原弓彦著・河出書房新社）跋、1964年1月
『遠来の客たち』の頃　『新日本文学全集』（集英社）第20巻月報、1963年12月
石原慎太郎氏について　『文藝』1965年1月号

第二章　わが町・東京

わが町・東京　『銀座百点』1959年8月号
神話　『政治公論』1962年第46号
「日々の死」の銀座　「東京新聞」1962年6月22日夕刊
正常という名の一つの狂気　『ネットワーク』1962年11月号
恋愛について　『婦人画報』1963年2月号
日劇　『洋酒天国』1963年9月号
麻美子と恵子と桐子の青春　『婦人画報』1964年4月号
海を見る　『灯』1964年10月号
山を見る　「北海道新聞」1962年2月25日
「ザ・タリスマン」白書　『婦人公論』1964年12月号
半年の後……　『新潮』1964年12月号

わがままな由来　『小説現代』１９６５年６月号
あの頃　『風景』１９６４年８月号
一通行者の感慨　『銀座百点』１９６５年第１２５号
私の良妻論　『婦人生活』１９６５年４月号

第三章　目的をもたない意志――映画をめぐる断章

増村保造氏の個性とエロティシズム　『映画評論』１９６２年６・７月号
映画批評家への公開状　『ヒッチコック・マガジン』１９５９年11月号
目的をもたない意志　『映画評論』１９６１年11月号
『情事』の観念性　同右１９６２年１月号
中途半端な絶望　『映画芸術』１９６２年10月号
『二十歳の恋』　『現代の眼』１９６３年７月号
『去年マリエンバートで』への一つの疑問　「日本読書新聞」１９６４年５月18日号
『かくも長き不在』　『婦人公論』１９６４年10月号
『シルヴィ』の幻　『リラックス』１９６３年４月号
『肉体市場』　「北海道新聞」１９６２年４月６日
『恋や恋なすな恋』　同右１９６２年６月４日
『オルフェの遺言』　同右１９６２年７月２日
『キングコング対ゴジラ』　同右１９６２年９月６日

付録『山川方夫全集』月報より　山川みどり

なにもかも忽然と　『山川方夫全集』（筑摩書房）第5巻月報、2000年8月

最初で最後の夏　同右第1巻月報、2000年9月

ようこそ、はるばる二宮へ　同右第6巻月報、2000年10月

三十三年目の二宮　同右第7巻月報、2000年11月

本書は、二〇一一年三月に清流出版より刊行されました。文庫化にあたり新たに七篇と、山川みどり氏による四篇を増補いたしました。底本として本文庫版は『山川方夫全集』（筑摩書房）第六巻ならびに第一・五・六・七巻月報を使用しましたが、一部誤記を修正したもの、各項の題名について言葉を補うなど変更したものがございます。なお、今日の人権意識に照らして不適切な語句がございますが、著者が故人であること、また作品の時代背景に鑑み、そのままとしました。

本書の帯ならびにカバー袖に使用しました著者の写真について撮影者が不祥です。もしお心当たりがございましたら、編集部にご一報いただければ幸いです。

ちくま文庫

目的《もくてき》をもたない意志《いし》　増補版《ぞうほばん》
——山川方夫《やまかわまさお》エッセイ・コレクション

二〇二五年四月十日　第一刷発行

著　者　山川方夫（やまかわ・まさお）
編　者　高崎俊夫（たかさき・としお）
発行者　増田健史
発行所　株式会社　筑摩書房
東京都台東区蔵前二―五―三　〒一一一―八七五五
電話番号　〇三―五六八七―二六〇一（代表）
装幀者　安野光雅
印刷所　三松堂印刷株式会社
製本所　三松堂印刷株式会社

ISBN978-4-480-44020-4　C0195